dtv

Eine deutsche Reihenhaussiedlung im Sommer 1976. Als die Familie Dembrock ins Nachbarhaus zieht, wird das triste Leben des zwölfjährigen Frank Adam auf den Kopf gestellt. Denn die Dembrocks sind anders: laut, cholerisch und aggressiv. Insbesondere die gleichaltrige Eva zieht Frank magisch an. Wieso trägt sie immer ihre roten Gummistiefel? Zu Beginn der Sommerferien überstürzen sich die Ereignisse, und Frank flieht mit Eva in ein einsam gelegenes Haus. Dort verleben sie, fernab aller Katastrophen der Erwachsenenwelt, paradiesische Wochen. Doch das Glück ist nicht von Dauer, und Frank ahnt, dass er am Ende des Sommers nicht nur seine Kindheit verloren haben wird …

Laabs Kowalski, bürgerlich *Lars Michael Laabs,* 1963 in Dortmund geboren, ist der Urenkel einer ungarischen Zigeunerprinzessin. Er studierte Germanistik, Theater-, Film- und Fernsehwissenschaften und Soziologie, bevor er in den 1990er Jahren mit dem Schreiben begann. Seitdem sind zahlreiche Romane und Erzählbände erschienen. Der Grimme-Preisträger arbeitet als Zeitungsredakteur, Herausgeber, Musikjournalist und Drehbuchautor und lebt mit seiner Familie in Köln.

Laabs Kowalski

Das Mädchen, das den Himmel nicht mochte

Roman

Deutscher Taschenbuch Verlag

Die Originalausgabe erschien unter dem Titel ›Totensommer‹ (2011 Satyr Verlag, Berlin).

Ausführliche Informationen über unsere Autoren und Bücher finden Sie auf unserer Website
www.dtv.de

Ungekürzte Ausgabe 2013
Deutscher Taschenbuch Verlag GmbH & Co. KG, München

Die Veröffentlichung dieses Werkes erfolgt auf Vermittlung der Autoren- und Verlagsagentur Peter Molden, Köln
Umschlagkonzept: Balk & Brumshagen
Umschlaggestaltung: Wildes Blut, Atelier für Gestaltung, Stephanie Weischer unter Verwendung eines Fotos von plainpicture/Maskot
Druck und Bindung: Druckerei C. H. Beck, Nördlingen
Gedruckt auf säurefreiem, chlorfrei gebleichtem Papier
Printed in Germany · ISBN 978-3-423-21450-6

Für meine Tochter Malvine

1

Meine Erinnerung erzählt mir, dass sie ein blassgelbes Kleid und an den Füßen rote Gummistiefel trug, dabei ist es ein heißer Tag Mitte Juni gewesen, seit Tagen war kein Regen gefallen, Bäume bettelten um einen Hund.

Ein Möbelwagen stand vor dem Nachbarhaus, ich fragte: »Dort haben die Kubeckis gewohnt. Zieht ihr jetzt dort ein?«

Eva Dembrock stand da, den großen Kopf mit der kurzen blonden Fransenfrisur zur Seite geneigt, und spuckte mich an. Sie spuckte mich an, drehte sich um, rannte ins Haus. Erst später wurde mir klar, dass ihr Liebreiz für mich gerade darin bestand, dass sie keinen besaß. Erst später begriff ich, dass andere die Welt, die sie erschuf, sehr viel früher, als man es selbst tut, in Frage zu stellen beginnen, weil sie unversehens riesige Risse in ihr erkennen. Damals jedoch, Evas Spucke auf meinem Gesicht, war ich bestürzt, weil ich wollte, dass sie mich mag.

Wir wohnten am Stadtrand, meine Eltern, mein zwei Jahre älterer Bruder und ich. Vor dem Reihenhaus, das wir mit unseren toten bürgerlichen Geräuschen ausfüllten, lagen Wiesen und Felder, dahinter begann der Wedheider Forst. Ein Neubaugebiet, das wie in einem Dornröschenschlaf lag. Väter gingen zur Arbeit, Kinder zur Schule, Mütter verließen für den Einkauf das Haus. Die Mütter kehrten zurück, die Kinder kehrten zurück, schließlich die Väter, in den Häusern wurde zu Abend gegessen, mehr nicht. Das alles wurde anders, als die Dembrocks in das Nachbarhaus zogen. Die Dembrocks – eine Anomalie.

Ich lief zur Haustür, schloss auf und ging auf mein Zimmer, ohne, wie ich es sonst tat, zunächst meine Mutter zu grüßen. Kein Hauch drang zum weit geöffneten Fenster herein, auf meiner Haut flockte klebrig der Schweiß. Im August würde ich dreizehn werden. Ich liebte Bücher, war altklug, wie es Kinder werden, die keine Freunde besitzen, dazu eigenbrötlerisch, unsicher, dicklich, verträumt. In der Hierarchie meiner Schulklasse rangierte ich in der Kaste der Brillenträger, Bettnässer und Pissrinnenlieger, ein Ort, an dem ich, wenn auch nicht freiwillig, dafür umso häufiger lag. Ich hatte kein Recht, mir Hoffnung auf Evas Freundschaft zu machen, ich wusste noch nichts. Ich las – Tolstoi, Steinbeck, Isaac B. Singer –, verstand aber nicht, was sie zu sagen versuchten. Doch in den Büchern, so spürte ich, wurde das Leben für mich fassbar gemacht. Sie erzählten davon, dass ich nicht der einzige war, der unter sich selbst und unter Einsamkeit litt, unter Tristesse und einer dumpfen Sehnsucht nach Glück.

Ich war da, ich lebte, ich atmete, aber noch nicht richtig,

sondern wie unter Glas. Die Sonne brannte und erhitzte endlose Tage, aber ihre Wärme erreichte mich nicht. Nur manchmal bereits warf ich, durch Langeweile wagemutig geworden, einen ersten tieferen Blick auf die Welt. Ich beobachtete, ich blickte mich um. Ich schaute, doch das Begreifen blieb aus. Mit eisernen Zwingen hielt mich die Unschuld im Griff. Doch ich ahnte bereits, dass die Welt nicht so sein würde, wie ich sie mir damals erträumte. Ja, genau dies war es, was ich spürte, als ich Eva das erste Mal sah: Ich empfand einen Verlust, der mir noch gar nicht zugefügt worden war, das Gefühl, betrogen worden zu sein.

Beim Abendbrot hörten wir die Dembrocks sich nebenan streiten. Lautstark. Die Tür zu unserer Terrasse stand auf.

Vater sagte: »Das geht ja gut los!«

Unsere Mutter hob die Augenbrauen, schwieg, sortierte die Wurst. Leberwurst, Salami, Schwarzwälder Schinken. Zwei Fliegen summten herum. Bei den Dembrocks heulte ein Hund jämmerlich auf.

Ich sagte: »Vielleicht sind sie gar nicht so schlimm ...«, und im Blick, mit dem mich mein Vater bedachte, spukte bereits der Ausdruck maßloser Enttäuschung, dass ausgerechnet ich eines seiner Kinder war: ein Stubenhocker, der sich nicht durchsetzen konnte, aber dumme Kommentare von sich gab.

Er blickte an meinem Bruder vorbei zu unserer Mutter, runzelte die Stirn und hob in einer kurzen Geste sein Kinn, was soviel bedeutete wie: Nun, sag schon! Was sind das für Leute?

»Drei Kinder«, begann unsere Mutter. »Ein Junge, zwei Mädchen. Der Junge ungefähr sechzehn, die Mädchen, ich schätze mal, vierzehn und zwölf. Die Familie heißt übrigens Dembrock.«

»Dembrock«, wiederholte mein Vater. Er stand auf, sagte: »Man sucht sich seine Nachbarn nicht aus«, ging ins Wohnzimmer und schaltete den Fernseher ein. Kurz darauf drang die Stimme von Eduard Zimmermann zu uns in die Küche herüber, der die Zuschauer bei der Fahndung nach Straftätern um ihre Mithilfe bat. Mich zog es wie magisch in den Garten hinaus.

Kaum hatte ich mich hinter unserem Geräteschuppen verborgen, hörte ich eine Stimme.

»Du kennst ihn doch. Du weißt, wie er ist.«

Als ich meinen Kopf vorbeugte, um in den Garten der Dembrocks hinüberzuspähen, sah ich Eva, die noch immer ihre roten Gummistiefel trug und knieend einen Hund umarmte, einen mageren Collie, und sofort fiel mir auf, dass er keinen Schwanz mehr besaß. Er schmiegte sich an sie und gab seltsam klingende Laute von sich.

Jäh zerriss eine Frauenstimme den abendlichen Frieden, der sich über die Gärten herabgesenkt hatte.

»Eva! Wo steckst du? Komm rein und räum' den Tisch ab, hast du gehört?«

So erfuhr ich, dass ihr Name Eva war.

Die Stimme, die sie hineinrief, hatte spitz und hysterisch geklungen. Eva stand auf, streichelte noch einmal den Hund und eilte davon. Später, als ich bereits im Bett lag – das Fenster stand auf –, hörte ich ein leises Singen, und ich stellte mir vor, dass sie es war, die leise und wehmütig in die Nacht hinaus sang, wo sich ihre Stimme mit den schweren Düften der Blumen vermischte. Das Ende meiner Kindheit hatte begonnen, ich wusste es nicht.

2

Kinder, ich möchte euch eine neue Mitschülerin vorstellen«, verkündete Frau Scheitholz am folgenden Montag, »Eva Dembrock. – Bitte seid freundlich zu ihr.«

Frau Scheitholz deutete auf einen freien Platz hinten am Fenster.

»Setz dich, Eva. Du wirst sehen, es wird dir gefallen bei uns.«

Als sie an mir vorbeiging, streckte Eva mir die Zunge heraus.

Frau Scheitholz sagte: »Hast du Angst, Eva, dass es heute noch regnet?«

Was sie meinte, waren die roten Gummistiefel, und sie lächelte zu Eva Dembrock hinüber, erntete jedoch bloß einen finsteren Blick. Eva sah aus wie ein Fuchs, der jeden Augenblick in den Hühnerstall springt, um das Geflügel in Fetzen zu reißen. Sie schob ihre dichten blonden Brauen zusammen und entgegnete ruhig:

»Sie sind hässlich. Ihr Mann liebt Sie bestimmt nicht. Männer mögen keine Frauen wie Sie.«

Stille, eine schwere, lastende Stille, trat ein. Wir Schüler schauten mit offenen Mündern zu Frau Scheitholz hinüber, die wie erstarrt ihren Blick auf Eva Dembrock haften ließ. Eine tiefe Röte hatte das Gesicht von Frau Scheitholz bedeckt, doch nicht dunkel genug, als dass nicht die Verärgerung und der Zorn zu erkennen gewesen wären, die ihr Gemüt in Aufruhr versetzten.

Nach einer ganzen Weile sagte Frau Scheitholz: »Das war sehr ungezogen von dir.« Und an uns gewandt: »Wir machen jetzt mit dem Unterrichtsstoff weiter. Thomas, ich möchte, dass du nach vorne an die Tafel kommst ...«

Was mich betraf: Ich war nicht in der Lage, dem Unterricht von Frau Scheitholz zu folgen. Eva Dembrock war in derselben Klasse wie ich! Immer wieder blickte ich mich verstohlen nach ihr um. Sie saß da, allein an ihrem Tisch in der letzten Reihe, und blickte ausdruckslos zum Fenster hinaus. Wieder trug sie das blassgelbe Kleid.

Als es zur Pause klingelte, war es nicht so wie sonst. Auf dem Schulhof wurde Eva von den anderen umringt. Uwe Rittmöller trat zu ihr und sagte: »Der Scheitholz hast du es aber ganz schön gezeigt. Pass nur auf, dass du nicht gleich wieder von der Schule fliegst.«

Ehe er auch nur wusste, wie ihm geschah, hatte sich Eva auf ihn gestürzt. Auf seinem Brustkasten sitzend, schlug sie wild auf ihn ein. Rittmöller, indem er seine Arme anwinkelte und vor das Gesicht hielt, versuchte sich so gut wie irgend möglich zu schützen, doch Eva Dembrock stieß sie beiseite und schlug weiterhin zu, bevor sie, genauso abrupt wie es begonnen hatte, abließ von ihm, aufstand und mit wilden Haaren und schwer atmend verschwand. Rittmöller hielt sich die blutende Nase.

»Was guckst du so blöd?«, schrie er mich an. »Warte ab, du kriegst jetzt auch was aufs Maul!«

Mein Fehler, zugesehen zu haben, nicht weggegangen zu sein. Rittmöller erhob sich und ging auf mich los.

»Du fandst das wohl lustig, wie ich da lag?«

Seine Faust traf mich über dem Auge. Er grinste mich an.

»Na, du Fettsau, wie findest du das? Fühlt sich gut an, nicht wahr? Warte, ich geb' dir noch mehr.«

Ich wehrte mich nicht. Rittmöller hatte die Kunst, mich zu quälen, in langen Jahren perfektioniert, ich übte auf ihn eine große Anziehung aus – ein Pawlow'scher Reflex, der ihn beherrschte wie ein Puppenspieler eine Marionette. So waren die Demütigungen, die mir durch ihn widerfuhren, etwas Normales für mich. Man ist Kind und gewöhnt sich daran. Doch an diesem Tag spürte selbst er die Veränderung. Mich zu schlagen, bereitete ihm kein Vergnügen, er ließ von mir ab. Die Hitze und die unbewusste Erkenntnis, die verlorene Macht nicht wieder zurückzugewinnen, hatten ihn phlegmatisch gemacht.

»Geh mir aus den Augen, du Mongo!«, sagte er nur.

3

»Häng nicht immer nur in deinem Zimmer rum. Die Sonne scheint. Geh raus, dann kriegst du was Farbe!«, sagte meine Mutter und nahm mir das Buch aus der Hand, »Pan« von Knut Hamsun. Ich hatte es mir in der Stadtbücherei ausgeliehen, bei uns zu Hause gab es nur Bücher von Konsalik und Johannes Mario Simmel.

Sie hatte vor, das Fenster in meinem Zimmer zu putzen, ich störte sie nur. So lief ich hinunter, zog meine Sandalen an und ging vor die Tür, unschlüssig, was ich nun mit mir anfangen sollte.

Draußen kochte die Luft. Vom Bolzplatz kamen die Schreie der anderen Kinder, sie würden mich nicht mitspielen lassen. Ich war schlecht im Sport und ganz besonders im Fußball. Mein Körper gehorchte mir nicht, der Ball, wenn ich ihn überhaupt je bekam, ebenfalls nicht. Es war langweilig, Fußball zu spielen. Dasselbe galt für Basket- oder Volleyball. Woher, so fragte ich mich, kam dieser verzweifelte Wunsch der anderen, stets gewinnen zu wollen, ganz gleich, ob es um Ballspiele oder andere Sportarten ging? Denn überhaupt war es ja so, dass niemand diese Welt als Gewinner verließ. Noch nie war irgendjemand als Sieger gestorben. Und ich stellte mir vor, wie es wäre, zu sterben, jetzt, in diesem Augenblick, wie ich da vor unserer Haustür stand und nichts mit mir und dem Nachmittag, der schwer und unausfüllbar vor mir lag, anzufangen wusste. Die Sonne schien, die Stimmen der anderen auf dem Bolzplatz erfüllten die Luft, und ich fiele um, einfach so, wäre mit einemmal tot, und die Sonne schiene weiter, und die Stimmen der anderen Kinder wären noch immer zu hören. Nichts wäre anders, nur beim Abendbrot würde mein Vater vielleicht fragen, warum ich nicht mit am Küchentisch säße, und meine Mutter würde sagen: »Ach, das hab' ich ja noch gar nicht erzählt, Frank ist ja tot, ich hab' ihn heute nach dem Fensterputzen vor der Haustür gefunden.«

»Sieht ihm ganz ähnlich, diesem Taugenichts«, würde mein Vater erwidern. »Hat er wenigstens seine Hausaufgaben noch ordentlich gemacht?«

Er würde aufstehen, ins Wohnzimmer gehen und den Fernseher einschalten, sich auf dem Sofa zurücklehnen und seufzen, als wäre eine dumpfe Last von ihm genommen.

Wie ich dies dachte, schämte ich mich, weil ich ihm und meiner Mutter unrecht tat. Ich konnte mich selber nicht leiden, wie konnte ich da erwarten, dass andere es tun? Aber es lag ein süßer Trost darin, mir selbst gegenüber Mitleid zu empfinden, während um mich herum die Vögel krakeelten und schrien und von fern her der Verkehrslärm der Autobahn dröhnte. Sich selbst leid tun – wenn wir Kinder sind, geschieht dies ab einem bestimmten Alter andauernd.

Unschlüssig lief ich über die verwilderte Wiese in Richtung des Wedheider Forsts, der einem ehemaligen Baron von Wedheide gehörte, zumindest erzählte man das. Westlich des Waldes ragten Kohlehalden wie Vulkankegel in den Himmel hinauf, auf einigen wuchsen dürre Bäumchen mit gelblichen Blättern, und im Wald selbst gab es einen alten Bunker aus dem Krieg, in dem es nach Fäkalien stank. Tobias Gerber erzählte, zwei Größere aus der 9b wären einmal mit Taschenlampen zum Bunker gegangen, um ihn zu erforschen; als sie abends noch nicht zurückgekehrt waren, habe man nach ihnen gesucht, Polizei wäre gekommen, und man habe nur noch ihre Leichen entdeckt, ganz nackt wären sie gewesen, von ihren Kleidern keinerlei Spur.

Obwohl ich wusste, dass er sich die Geschichte ausgedacht hatte, vermied ich es seitdem, zum Bunker zu gehen, ich fürchtete mich. So ging ich stattdessen zum Teich, der sich in jenem Teil des Waldes befand, der an die Autobahn grenzte – ein alter Bombentrichter, in dem sich der Regen sammelte und auf dessen Wasseroberfläche im Frühjahr dicklich-grüner Froschlaich schwamm. Es hieß, in dem Teich gäbe es auch Molche, ich hatte aber noch nie einen entdeckt. Das Wasser war dunkel, der Teich wirkte wie tot.

Sonnensprenkel fielen durch das Walddach und tanzten über den Boden, Mückenschwärme schwebten zwischen den Stämmen der vom letzten Wintersturm zerrissenen Fichten. Hier und dort standen auch ein paar

Buchen und Eichen wie Fremde zwischen den Nadelgewächsen, wie alte Menschen, die zurückgelassen worden waren, als ihre Familien sich entschlossen, fortzuziehen. Große Farne spreizten ihr dunkelgrünes Fächerblattwerk im Schatten der Stämme; irgendwo, unsichtbar, hackte ein Specht.

Da plötzlich fiel etwas von oben vor meine Füße herunter, ein wildes Tier, das schrie »Buh!«, und ich heulte auf, so groß war mein Schreck, taumelte zurück, stolperte über eine Wurzel im Boden und fiel rücklings der Länge nach hin.

»Ziemlich schreckhaft, du Spasti. – Ich bin es nur.«

Als ich aufblickte, stand Eva Dembrock vor mir, in ihren roten Gummistiefeln und dem verwaschenen, blassgelben Kleid. Und nun sah ich auch den Hund, ihren Collie, der keinen Schwanz mehr besaß.

»Was machst du hier?«, fragte sie mich.

»Meine Mutter hat gesagt, ich soll rausgehen«, erwiderte ich. »Ich wollte zum Teich.«

»Da war ich schon«, erklärte Eva. »Der ist hässlich und stinkt. Louis kann ihn nicht leiden.«

Ich muss sie fragend angesehen haben, denn sie fügte hinzu: »Louis ist er hier, mein Hund.«

»Warum hat Louis keinen Schwanz mehr?«, wollte ich wissen und richtete mich umständlich auf. Fichtennadeln klebten an meinen Händen.

»Wer sagt, dass Hunde einen Schwanz haben müssen?«, entgegnete sie. »Er ist auch ohne ein Hund.«

Sie blickte mir trotzig entgegen – ich sah die wenigen Sommersprossen, die sich rechts und links ihrer Nase auf den Wangen verteilten – und sagte: »Ich wette, du hast noch nie ein Mädchen nackt gesehen. Möchtest du mal?«

Sie fasste das Kleid, hob es an, und ich sah einen schmutzigen, grauen Schlüpfer mit eingerissenem Gummibund, ausgeleiert und dünn, ihre spitzen Beckenknochen standen hervor, und ich wandte schnell meinen Kopf, schaute weg, denn es schmerzte, diesen Schlüpfer sehen zu müssen, und hastig fragte ich: »Wo habt ihr vorher gewohnt?«

Sie ließ das Kleid los und sagte: »Woanders, wo sonst? Frag nicht so doof. – Komm, ich will dir was zeigen.«

Sie stapfte ein paar Meter durch die Fichtenstämme hindurch, deutete auf einen großen Stein und erklärte: »Ich hab' ein Versteck angelegt. Siehst du? Hier, unter dem Stein.«

Und sie fasste unter den Stein, holte eine Blechschachtel hervor und öffnete sie. Es befanden sich Zigaretten und ein Streichholzheftchen darin.

»Hast du schon mal geraucht? Ich hab' sie meiner Mutter aus der Packung genommen.«

Ich schüttelte den Kopf. Weder mein Vater noch meine Mutter hatten jemals in ihrem Leben geraucht. Nur Onkel Karl, wenn er uns mit Tante Marianne besuchte, steckte sich dünne, dunkelbraune Zigarillos an, was meine Mutter dazu veranlasste, zu sagen: »Willst du mir schon wieder die ganzen Gardinen vollqualmen, Karl?«

Onkel Karl war ihr älterer Bruder und setzte sich, wenn er zu Besuch war, über die Klagen seiner Schwester hinweg. »Sei so nett und bring mir einen Aschenbecher«, bat er sie stets, woraufhin meine Mutter kurz seufzte, in die

Küche ging und ihm schließlich einen blauen Aschenbecher brachte, den einzigen, den es in unserem Haus gab.

»Aber nur diese eine, hörst du? Gewöhn' dir das endlich mal ab.«

Und Onkel Karl erwiderte: »Es ist nicht leicht, sich das Abgewöhnen anzugewöhnen!« und steckte seinen Zigarillo in Brand.

So wie Eva: Sie zündete ein Streichholz an, hielt es an die krumme Zigarette und zog zweimal an ihr. Sie inhalierte den Rauch und hielt mir die Zigarette entgegen.

»Probier mal! Ist gar nicht so schlimm.«

»Nein danke«, entgegnete ich.

»Dann eben nicht«, sagte sie schnippisch. »Die in der Schule haben recht. Mit dir ist nichts los.«

»Warum hast du das heute zu Frau Scheitholz gesagt?«

»Was?«

»Na, dass sie hässlich ist und ihr Mann sie nicht liebt.«

»Na, weil es wahr ist. Außerdem hab' ich das gar nicht gesagt. Ich hab' es gedacht! Aber eure Schule ist komisch, ihr habt es nämlich gehört. Dabei ist es unhöflich, wenn man andere, wenn sie denken, belauscht. Und du bist auch komisch. Wieso willst du mich nicht nackt sehen? Andere Jungs wollen das andauernd.«

Sie verwirrte mich. Was sie sagte, klang fremd und schreckte mich ab. Ich war eine Kaulquappe, die sich in einem Eimer befand und von der Welt jenseits des Eimers nichts wusste.

»Ich hab' sogar schon Haare da unten. Du auch?«

Ich spürte, wie ich rot anlief. Mein Körper war etwas, das nur bedingt zu mir gehörte, eine Hülle, in der ich mich aufhalten musste, weil es keinen anderen Platz für mich gab.

»Weißt du«, sagte Eva Dembrock, »mein Bruder Raul, du kennst ihn noch nicht ... mein Bruder Raul hatte ein paar Freunde, da, wo wir vorher gewohnt haben, die gaben mir ein Zwei-Mark-Stück dafür, wenn ich mich auszog. Es ist gar nichts dabei. Jungens mögen es eben, wird dir auch noch so gehen ...«

Von diesem Moment an hasste ich Raul. Überhaupt: Raul, was für ein schrecklicher Name! Und ich wollte, dass Eva sich irrte, wollte nicht, dass es mir auch so erginge. Weil es nicht schön ist, wenn aus undeutlichen Träumereien das Wirkliche wird; weil es wehtut, wenn der Zauber zerreißt.

All das aber dachte ich nicht, es waren bloß dunkle Empfindungen, die sich in meiner Brust zu schwarzen Netzen verbanden. Ich war nur ein Kind, das verängstigt Reißaus nahm, die eigene Feigheit vor dem Leben wie einen Sack voller Steine auf den Rücken geschnürt. Das Herz plötzlich randvoll mit Angst stürzte ich davon und ließ Eva zurück. Zweige peitschten mir in das erhitzte Gesicht, ich spürte sie nicht.

4

Was ist mit deinem Gesicht?«, fragte mein Vater. Ich war überrascht, ihn zu sehen, er kam nur selten früher aus dem Büro. Noch ehe ich antworten konnte, fuhr er fort: »Wo bist du überhaupt gewesen? Schnapp dir die Jätkralle und kümmer dich um das Unkraut in der Garagenauffahrt, hast du verstanden?«

»Bernd ist dran mit Jäten«, erwiderte ich, denn bei bestimmten Aufgaben wechselten wir Brüder uns ab, und ich hatte bereits vor zwei Wochen das Unkraut an der Grundstücksgrenze zur Straße entfernt.

»Dein Bruder hat Training«, beharrte mein Vater, »also wasch dich und fang endlich an.«

Ich empfand es als große Ungerechtigkeit, die Pflichten meines Bruders übernehmen zu müssen, nur weil er sportlich war und zweimal die Woche zu seinem Judo-Training ging. Seit zwei Monaten war er berechtigt, den grünen Gürtel zu tragen, und es war unübersehbar, dass unser Vater stolz auf ihn war. Gegen den grünen Gürtel kam ich auch mit guten Schulnoten nicht an. Vater bevorzugte meinen Bruder, und ich hätte mindestens den

Nobelpreis in Physik einheimsen müssen, um daran etwas zu ändern. Den Nobelpreis in Literatur hätte er nicht akzeptiert. Bücher waren Unfug für ihn, Zeitverschwendung, der man sich höchstens im Urlaub hingeben durfte.

Ich lief ins Badezimmer und besah mein Gesicht. Es glühte, und auf den Wangen und der Stirn, dort, wo die Fichtenzweige mich getroffen hatten, waren rote Striemen zu sehen. Ich sah wie ein Vollidiot aus. Unter dem T-Shirt zeichneten sich meine Brüste ab. Vater hatte recht, Bernd den Vorzug zu geben.

Während ich in den Garten ging, um die Jätkralle aus dem Geräteschuppen zu holen, dachte ich hasserfüllt an Raul und daran, was Eva gesagt hatte. Nein, ich würde niemals so werden! Heute denke ich: Die größte Niederlage, die uns zugefügt wird, ist der Augenblick, in dem wir unsere Unschuld verlieren, der Augenblick, in dem wir erkennen, wir Menschen sind schlecht.

An jenem Nachmittag ging ich, stumm vor Wut – Wut auf meinen Vater, auf Raul, auf die Welt und auf mich – vor unser Haus zur Garagenauffahrt und riss, von einem dumpfen Groll beseelt, das Unkraut aus den Ritzen zwischen den Steinen.

Nachdem ich das Unkraut mit der Schubkarre zum Komposthaufen hinten in unserem Garten gefahren hatte, setzte ich mich, von der Sonne, der ungewohnten Bewegung und meinen wilden Gefühlen zermürbt, zu den anderen an den Küchentisch, während nebenan die Dembrocks wie am Abend zuvor zu streiten begannen.

»Hatte ich dir nicht gesagt, du sollst das Unkraut ausreißen?«, wandte sich unser Vater an mich.

»Aber hab' ich doch getan«, verteidigte ich mich, »gründlich sogar!«

»Na, dann hör doch mal hin! Nebenan wuchert noch was.«

Noch nie hatte mein Vater Witze gemacht oder war er sarkastisch gewesen. Aber an diesem Abend schien er guter Laune zu sein, weshalb wusste ich nicht. Und wie immer stand er kurz darauf auf, ging ins Wohnzimmer, setzte sich aufs Sofa und schaltete den Fernseher ein, so vorhersehbar wie Ebbe und Flut. Die Stimme eines Nachrichtensprechers berichtete über die baldige Hochzeit von Silvia Sommerlath und König Carl Gustaf von Schweden.

5

Das Verhalten der Schüler gegenüber Frau Scheitholz veränderte sich. Einmal als hässlich benannt, war es für jeden unübersehbar geworden: Unsere Lehrerin war müde, verletzlich und unattraktiv. Eva Dembrock hatte die Wahrheit gesagt: Niemand würde sie lieben, nicht mal ihr Mann. Wir Kinder bekamen Oberhand. Frau Scheitholz war nicht nur angreifbar, sondern bezwingbar geworden, keine Autoritätsperson mehr. Schlimmer noch: Sie kapitulierte.

Rittmöller witterte die Veränderung als erster – ein Wolf, der die Fährte eines verletzten Wildes aufnahm. Was ihn nicht davon abhielt, weiterhin rituelle Demütigungen an mir zu vollziehen. Doch es war eher Gewohnheit, die ihn dazu trieb, ein letztes Aufbäumen, das nicht darüber hinwegtäuschen konnte, dass er an Einfluss eingebüßt hatte.

Hinten an ihrem Platz saß Eva Dembrock und starrte wie immer ausdruckslos zum Fenster hinaus. Ihre Mitschüler hatten beschlossen, sie in Ruhe zu lassen. Instinktiv schreckten sie vor Eva zurück, so wie man bereits aus der Distanz die Hitze einer glühenden Herdplatte spürt, die davon kündet: »Achtung, Verbrennungsgefahr!«

Lediglich mir gegenüber zeigte sie Milde, und es war mir ein Rätsel, wieso. Dem Rest der Welt schleuderte sie trotzig Feindschaft entgegen, eine Unversöhnlichkeit, die ebenso beängstigend wie aufregend war.

Morgens gingen wir seit einigen Tagen gemeinsam zur Schule. Zu meiner Überraschung hatte sie am Tag nach unserer Begegnung im Wald an der Ecke Marder- und Iltisweg auf mich gewartet. Statt des blassgelben Kleids trug sie ein grünes Leinenkleid mit Blumenmotiv, das aussah, als würde es ihrer Mutter gehören: mindestens drei Nummern zu groß und so lang, dass der Saum fast die Gummistiefel berührte. Als ich auftauchte, stieß sie sich wortlos von der Gartenmauer, an der sie gelehnt hatte, ab und lief neben mir her. Auch ich sagte nichts, wenn auch jede Faser meines Körpers zu brennen begann, weil ich mir der Bedeutsamkeit ihres Auf-mich-Wartens bewusst war.

Auf dem Weg zur Schule trat Eva mutwillig einen Autospiegel ab, und vor dem Schultor stellte sie Carsten Tennert, der einen Kopf größer war als sie und außerdem zwei Jahre älter, von hinten ein Bein und grinste dabei. Als er sie, eher verblüfft als verärgert, fragte: »Sag mal, spinnst du, du Kuh?«, schrie sie ihn an: »Halt die Fresse, du Schwuli!«, und kaum in der Klasse angelangt, schmierte sie Barbara Brehmberg einen dicken Popel ins Auge. Evas Kommentar: »Steht ihr doch prima. Außerdem schmecken sie gut.«

Von diesem Tag an wartete Eva morgens auf mich, immer an der Ecke Marder-/Iltisweg, von montags bis freitags. Es fühlte sich wunderbar an. Plötzlich gab es jemanden, der Wert auf meine Anwesenheit legte. Nur als ich am dritten Tag den Versuch unternahm, ein Gespräch zu beginnen, wurde ich mit den Worten »Sei still, ja? Hörst du, sei still!« in die Schranken gewiesen. Und ich tat, was sie verlangte: Ich schwieg. Doch in mir, da brodelte es. Nie sah man ihren Vater das Haus verlassen. Genauso wenig sah man Frau Dembrock einkaufen gehen. Wovon lebten die Dembrocks? Überhaupt schienen die Dembrocks – alle außer Eva – unsichtbar für die restliche Welt. Nur das allabendliche Streiten zeigte mir an, dass es die Familie Dembrock im Nachbarhaus gab. Die Dembrocks, die nur aus Geräuschen und Stimmen bestanden. Die Dembrocks, die eine Erschütterung des Erdbodens waren, auf dem ich unsicher stand.

6

Als ich eines Nachmittags aus der Bücherei zurückkehrte – ich hatte mir die Novellen von Heinrich von Kleist ausgeliehen –, bot sich mir ein seltsames Bild. Eine mir unbekannte Frau saß auf unserem Sofa im Wohnzimmer, trug das grüne Leinenkleid mit dem Blumenmotiv und trank einen Schnaps.

»Hallo, Frank!«, begrüßte mich meine Mutter. »Komm her und sag Frau Dembrock guten Tag!«

Ich trat näher und reichte Frau Dembrock die Hand. Ihr Gesicht war grell geschminkt, doch die Schminke konnte nicht verbergen, dass die Haut um ihr linkes Auge herum blau verfärbt und das Lid leicht angeschwollen war. Auf ihren Lippen klebte roter Lippenstift, vom Trinken bereits etwas verschmiert, und als sie ihr Glas abstellte, konnte ich erkennen, dass ihre Fingernägel abgekaut waren.

»Frau Dembrock ist herübergekommen, um sich einmal vorzustellen«, erklärte meine Mutter und an Frau Dembrock gewandt: »Noch einen Schnaps?«, und ich sah, wie unangenehm es ihr war, die neue Nachbarin in unserem Wohnzimmer sitzen zu haben, und wie sehr es meiner Mutter missfiel, als Frau Dembrock antwortete: »Da sag' ich nicht nein.«

Auch mir fiel es auf, dass sie bereits angetrunken war, und als sie sagte: »So, *du* bist also Frank!«, schlingerte ihre Stimme bereits, und auch das Spitze und Hysterische schwang wieder mit.

»Hast du Eva schon kennengelernt? Sie ist ungefähr gleichalt wie du.«

Aber ich antwortete nicht, sondern blickte zu meiner Mutter und sagte: »Ich bin oben in meinem Zimmer ...« und war froh, entkommen zu können.

Schwer hing die Hitze im Raum, und anstatt mit der Lektüre der Novellen zu beginnen, zog ich aus der Schublade unter meinem Bett ein paar alte *Zack*-Hefte hervor, die durchzublättern mir jedoch bald langweilig wurde. Ich stand vom Teppichboden auf und starrte in den Spiegel meiner Kleiderschranktür. Was ich sah, mochte ich nicht. Und um mich zu vergewissern, zog ich mich aus – zuerst das T-Shirt, dann die grüne Cord-Jeans, die braunen Strümpfe und die blaue Unterhose mit dem hellroten Bund. Hässlich wölbte sich im Profil der weiße Bauch über meinem kleinen Glied nach vorn.

Ich beugte mich vor und schaute nach, ob schon Haare dort wuchsen, als unversehens die Tür aufging und meine Mutter im Zimmer erschien. Ich zuckte zusammen, spürte, wie Röte mein Gesicht überzog.

Einen Augenblick verharrte meine Mutter regungslos, mit leicht geöffnetem Mund, und starrte mich fassungslos an.

»Du bist ein Schwein!«, sagte sie schließlich, drehte sich um und schloss die Tür hinter sich.

Verlegen zog ich mich an. Würde sie meinem Vater davon erzählen, so wie sie ihm im letzten Monat erzählt hatte, dass ich mit nur einem Schuh aus der Schule zurückgekehrt war? Am Abendbrottisch hatte er mich nach dem Verbleib des anderen gefragt, aber ich hatte ihm nichts zu erwidern vermocht. Rittmöller hatte meinen Schuh über einen hohen Bauzaun geworfen, und ich hatte geschwiegen, weil ich mich schämte, ihm nicht gewachsen gewesen zu sein.

»Du wirst dir von deinem Gesparten ein neues Paar kaufen«, hatte mein Vater gesagt, »damit du lernst, was die Dinge eigentlich kosten. Vielleicht ist es dir ja noch nicht aufgefallen, aber das Geld wächst nicht auf Bäumen. Ich muss dafür arbeiten gehen. Und du hast nichts Besseres zu tun, als sie irgendwo liegenzulassen. Weißt du, was *mein* Vater mit mir gemacht hätte, wäre ich ohne Schuhe nach Hause gekommen? – Was ist? Schau mich an! Ich rede mit dir!«

Ich legte die Comic-Hefte in die Schublade zurück, öffnete das Fenster und sah in den Garten der Dembrocks hinüber. Eva, in einem froschgrünen T-Shirt und einem kurzen braunen Rock, saß auf der Terrassenstufe und bohrte in der Nase. Sie brachte einen Popel zum Vorschein, schaute ihn an, aß ihn auf. Auch der nächste verschwand zwischen ihren Lippen, und es wirkte gar nicht abstoßend oder ekelig, sondern es war wider Erwarten schön, sie so versunken zu sehen, so hingebungsvoll in diese Sache vertieft, so sehr eins mit sich selbst. Die Gerüche der Pflanzen bauschten herauf, die Sonne senkte sich bereits, und auf Eva Dembrocks Gesicht lag eine tiefe Ruhe und Frieden.

Plötzlich jedoch wurde sie meiner Blicke gewahr. Sie drehte den Kopf über die Schulter und schaute zu mir herauf.

»Die Trockenen schmecken am besten!«, rief sie mir zu.

7

Du kannst bei uns mitessen, wenn du willst«, sagte ich, als wir nach der Schule vor unseren Haustüren angelangt waren.

»Ich weiß nicht ...«, erwiderte Eva. »Vielleicht will deine Mutter ja nicht, dass du mich mitbringst.«

»Unsinn. Deine Mutter war auch schon bei uns zu Gast.«

»Ja, ich weiß. Aber nur, weil bei uns der Schnaps alle war.«

Ich stand da wie versteinert. Ja, ich hatte gesehen, dass Frau Dembrock angetrunken gewesen war, nicht aber geschlussfolgert, sie könnte eine Trinkerin sein.

»Glotz nicht so blöd!«, holte mich Eva aus meiner Erstarrung zurück. »'s gibt viele Frauen, die trinken. – Also, was ist? Gehen wir jetzt rein?«

Sie deutete auf unsere Haustür, auf der auf einem großen ovalen Schild unser Nachname stand: Adam. Ohne auf mich zu warten, ging Eva voran, und ich beeilte mich, meinen Haustürschlüssel aus der Hosentasche zu ziehen. Wir würden essen, und anschließend würde ich Eva

Dembrock mein Zimmer und das Buchregal zeigen, die Romane, die ich schon gelesen hatte.

Aber es sollte anders kommen. Als wir eintraten, wischte meine Mutter soeben den Flur. Sie schaute uns an und sagte: »Schuhe ausziehen!«

Eva blickte sie erschrocken an und schüttelte den Kopf.

»Ehrlich, Kind«, fuhr meine Mutter fort und musterte sie, »ich versteh' sowieso nicht, weshalb du immer in diesen schrecklichen Stiefeln rumläufst. Hat ein so hübsches Mädchen wie du denn gar keine Sandalen?«

Eva blickte noch immer erschrocken und schwieg.

»Na, was ist? – Wenn du mitessen möchtest, gerne«, erklärte meine Mutter und lächelte freundlich. »Aber deine Stiefel zieh bitte aus. Du siehst ja, ich hab' gerade gewischt.«

Sie nahm Eimer, Putzlappen und Schrubber und ging in die Küche.

»Es gibt Frikadellen mit Erbsen und Möhren«, hörten wir sie sagen, und Eva blickte zu mir, kniff die Lippen zusammen und streifte ihre roten Stiefel ab. Da sah ich, dass Eva Dembrock keine Zehen besaß, und die vor einer Minute erst ausgesprochenen Worte meiner Mutter fielen mir ein: »Hat ein so hübsches Mädchen wie du denn gar keine Sandalen?«

Eva schaute auf ihre Füße hinab, so als wäre auch sie über deren Anblick erstaunt. Ich bemühte mich, irgendetwas zu sagen, zum Beispiel, dass es mir egal sei ... dass ich sie trotzdem immer mögen würde, ganz gleich, ob sie nun Zehen besaß oder nicht. Schließlich hatte Louis ja auch keinen Schwanz, und er war trotzdem ein Hund.

Ehe ich jedoch ein Wort hervorbrachte, klingelte es, und meine Mutter rief aus der Küche herüber: »Kommt noch wer zum Essen?«

Ich öffnete, und ein Mädchen, etwa vierzehn (in einem grünen Leinenkleid mit aufgedruckten Blumen, das ich nun bereits zum dritten Mal sah), blickte an mir vorbei und wandte sich mit schnippischem Tonfall an Eva:

»Raul sagt, du sollst rüberkommen, du Schlampe! Im Keller wartet Arbeit auf dich!«

Sie drehte ihren Kopf in meine Richtung und maß mich mit abfälligem Blick.

»Was machst du überhaupt hier? Sag nicht, du gibst dich mit dem Dickerchen ab?«

So lernte ich Evas Schwester Patricia kennen, Trixi genannt.

»Wo ist deine Freundin?«, fragte mich Mutter, als ich mich allein an den Küchentisch setzte.

»Ihre Schwester hat sie nach Hause geholt«, antwortete ich, und fast hätte ich hinzugefügt: »Sie hat keine Zehen!«, beherrschte mich aber im letzten Moment. Ich wollte nicht, dass meine Mutter von diesem sonderbaren Fehlen erfuhr.

Nach dem Essen wusch ich mir die Hände im Gäste-WC. Anstatt nun, wie für gewöhnlich, auf mein Zimmer zu gehen, lief ich in den Garten hinaus. »Im Keller wartet Arbeit auf dich!«, hatte Evas Schwester gesagt. Was bedeutete das? Und als ich durch die große Wohnzimmerscheibe sah, dass meine Mutter begann, den Teppich zu saugen, kletterte ich, einem Impuls folgend, über den Zaun in den Garten der Dembrocks hinüber.

Wie auch bei unserem Haus führte eine kleine Treppe mit grau gestrichenen Stufen von außen zum Keller hinab. Angst, entdeckt zu werden, setzte mir zu, doch meine Neugierde war stärker als meine Furcht. Den Atem anhaltend lief ich die wenigen Stufen hinunter und drückte die Klinke. Es war nicht abgeschlossen, die Tür öffnete sich.

»In Ordnung«, hörte ich eine männliche Stimme, »zehn Minuten, mehr nicht.«

Diese Worte machten meine Neugier noch größer. Etwas Dunkles, Böses, so glaubte ich, würde nun im Keller der Dembrocks geschehen. Sollte ich mich weiter vorwagen und nachschauen gehen? Das Herz in meiner Brust raste, und meine Beine zitterten. Irgendwo im Keller wurde eine Tür geschlossen; jemand lief eine Treppe hinauf.

»Zehn Minuten!«, rief die Stimme noch mal.

Ich nahm mir vor, bis zwanzig zu zählen, ehe ich mich hineinwagen wollte.

»Eins ...«, zählte ich lautlos im Kopf, »... zwei ... drei ... vier ...«

Gerade wollte ich fünfzehn sagen, da wurde ich von einer Hand im Nacken gefasst. Mit großer Kraft drückte sie zu.

»Was machst du Scheißbengel hier?«, blaffte mich eine raue, tiefe Männerstimme an.

Ich wurde herumgerissen, eine breite Gestalt ragte vor mir auf. Die schwere Hand hielt mich nun an der Schulter gepackt.

»Spionierst hier herum, was?«, fragte der Mann. »Hat dich dein Vater geschickt ... sollst mal ein bisschen rumschnüffeln gehen?«

»N-n-n-nein, Herr Dembrock ...«, stotterte ich. »I-i-ich ...«

Eine Ohrfeige schleuderte meinen Kopf auf die Seite.

»Und jetzt sieh zu, dass du Land gewinnst, Freundchen, sonst lernst du mich kennen ...!«

Er gab mir einen Stoß, und ich machte, dass ich davonkam. Tränen verstellten mir den Blick, ich hatte zu schluchzen begonnen. Als ich hastig über den Zaun kletterte, hörte ich, wie hinten meine Hose zerriss. Ich war an einem Holzsplitter hängen geblieben, und fast schien es mir, als wäre dies das größte Unglück von allem.

8

Am 29. Juni geschahen zwei Dinge: In den Radionachrichten wurde mitgeteilt, Terroristen hätten ein Flugzeug der Air France nach Entebbe in Uganda entführt, und als ich aus der Schule kam, war meine Mutter betrunken. Neben ihr auf dem Sofa saß Frau Dembrock in dem grünen, mir inzwischen so bekannten Leinenkleid, auf dem sich vorn ein großer, dunkler Fleck befand. Als sie mich sah, deutete sie mit einem leichten Schulterzucken zu meiner Mutter und sagte: »Aller Anfang ist schwer. Auch Trinken will gelernt sein, mein Junge.«

Meine Mutter warf mir einen um Verzeihung heischenden Blick zu und grinste verlegen.

»Ich muss ja noch das Essen zubereiten«, lallte sie und versuchte aufzustehen, schaffte es aber nicht sogleich.

»Ich werd' dann mal gehen«, sagte Frau Dembrock, griff nach der auf dem Wohnzimmertisch stehenden Flasche und lief an mir vorbei.

»Komm, ich bring' dich nach oben«, erklärte ich meiner Mutter und war ihr beim Aufstehen behilflich. Ich wusste, dass es besser war, wenn sie bereits im Bett läge und schliefe, ehe Bernd, der an diesem Tag länger Schule hatte, nach Haus kommen würde. Hinter Frau Dembrock fiel die Haustür ins Schloss.

»Oh, Frank …!«, jammerte meine Mutter. »Das ist mir so peinlich. Sag Papa nichts davon. Versprichst du mir das?«

Ich versprach es, öffnete die Tür zum Schlafzimmer meiner Eltern und half ihr ins Bett. Anschließend stellte ich ihr ein Glas mit einer Mundspülung auf den Nachttisch, damit sie, sobald sie erwachte, gegen den Whiskeygeruch angehen konnte, denn mir war klar, dass mein Vater – und auch mein Bruder – ihre Verfehlung nicht tolerieren würde. Schon hörte ich meinen Vater in meiner Vorstellung sagen: »Am helllichten Tag – betrunken wie ein Fuhrmann! Marion, ich erkenne dich nicht.«

Als mein Bruder aus der Schule kam, sagte ich ihm, Mutter gehe es nicht gut, sie habe sich zu Bett gelegt, und legte ein paar Fischstäbchen für ihn in die Pfanne. Sodann ging ich auf mein Zimmer, entnahm meiner Spardose Geld und fuhr mit dem Fahrrad zum Edeka-Laden, um die Flasche Whiskey, die Frau Dembrock mitgenommen hatte, ersetzen zu können, so dass meinem Vater nichts auffallen würde.

»Wir bekommen heute Abend Besuch«, belog ich die Frau an der Kasse, als sie mir einen skeptischen Blick zuwarf, als wollte sie herausfinden, ob ich gedachte, den Whiskey womöglich selber zu trinken.

Draußen verstaute ich soeben die in eine Plastiktüte gewickelte Flasche auf dem Gepäckträger, da wurde ich von Uwe Rittmöller, Matthias Diese und zwei anderen Jungen, die ich nicht kannte, umringt.

»Sieh mal an! Fettklops auf unserem Gebiet! – Hab' ich dir nicht gesagt, ich will dich in unserer Gegend nicht sehen?«

Das stimmte. Bislang hatte ich es tatsächlich vermieden, bei Edeka einkaufen zu gehen. Und wenn mich Rittmöller in der Schule auch seltener quälte als früher, so wusste ich doch, dass er jetzt, in Begleitung seiner Freunde, vor denen er sich großtun wollte, versäumte Demütigungen nachholen würde. Schon versetzte er mir einen Stoß vor die Brust.

»Also, Fettklops, was hast du hier zu suchen? Hat dir irgendwer dazu die Erlaubnis erteilt?«

Er schrie plötzlich auf, eine Glasflasche hatte ihn am Hinterkopf getroffen – eine Glasflasche, die dabei zersplittert war.

Raul Dembrock warf den abgebrochenen Flaschenhals fort, wendete das Mofa, auf dem er saß, und fuhr auf uns zu. Uwe Rittmöller war zu Boden gesunken und blutete stark.

»Schönen Gruß von meiner Schwester«, sagte Raul und stoppte das Mofa. »Sie sagt, ihr sollt den Adam in Ruhe lassen. – Besser, ihr tut, was sie will.«

Er schaute mich an und machte mir mit einer Geste verständlich, dass ich mich aufs Rad schwingen und abhauen sollte.

Als ich losfuhr, hörte ich, wie er Rittmöller und die anderen anwies, sich hier ja nicht mehr blicken zu lassen. So lernte ich nach Eva, ihren Eltern und ihrer älteren

Schwester auch Raul Dembrock kennen. Doch sosehr ich mich freute, Rittmöller und seinen Freunden entronnen zu sein, sosehr verängstigte mich Rauls Brutalität sowie die Tatsache, dass er offenbar weder Skrupel besaß noch Reue empfand.

Als mein Bruder das Haus verlassen hatte, um zu seinem Training zu gehen, stellte ich die Whiskeyflasche auf den leeren Platz im Vertiko und beeilte mich, in den sicheren Schutz meines Zimmers zu gelangen. Auf der Treppe nach oben kam mir meine Mutter entgegen. Im Vorbeigehen drückte sie meine Hand und versuchte ein Lächeln.

»Liegen geht nicht, da dreht sich mir alles. – Ich mach' mir jetzt eine Kanne Kaffee. Meinst du, du könntest für mich zu Edeka fahren und eine neue Flasche kaufen? Ich möchte nicht, dass Papa was merkt.«

»War ich schon. Die Flasche steht im Vertiko.«

»Danke, Frank, bist doch mein Bester!«, sagte meine Mutter und stieg vorsichtig die Stufen hinab.

Nach dem Abendessen – unsere Mutter hatte sich bereits zu Bett gelegt, ich spülte Geschirr –, kam mein Vater in die Küche und hielt die Whiskeyflasche in die Höhe.

»Ist doch merkwürdig«, begann er. »Ich hätte wetten können, dass die Flasche schon angebrochen war. Ich hatte sie aufgemacht, als Onkel Karl und Tante Marianne das letzte Mal hier waren.«

Einen Moment lang dachte ich, alles flöge nun auf, da sagte ich schnell: »Mama hat sie beim Putzen vor zwei Tagen aus Versehen heruntergeworfen und eine neue gekauft!«

»Schön, dass ich auch mal erfahr', wie hier das Geld verblasen wird«, erwiderte er und kehrte auf sein Sofa zurück.

Bald darauf war die Synchronstimme von Jean-Paul Belmondo zu hören.

9

Ich wachte auf, das Mondlicht flutete durch das weit geöffnete Fenster herein und zerrte die Gegenstände meines Zimmers aus dem Dunkel hervor, in welchem sie sich für gewöhnlich zur Nachtzeit versteckten. Wenn man Kind ist, glaubt man noch, dass die Dinge sind, was sie zu sein vorgeben. Man begreift nicht, dass etwa ein Stuhl nur darum ein Stuhl ist, weil wir uns darauf geeinigt haben, im Alltagsleben genau dies in ihm zu sehen. Aber es ist bloß unsere Vorstellung von einem Stuhl, die er in Wirklichkeit ist.

Und wie mit den Dingen, so auch mit dem, was wir Ereignisse nennen. Wie Trugbilder wollen sie uns bisweilen entgleiten, als versuchten sie, uns verständlich zu machen, dass das Erlebte nicht immer auch das Wirkliche ist. Alles, was geschieht, unterliegt dem Blickwinkel des Betrachters, und manch einer ist mutig genug, sich einzugestehen, dass es erst *durch* den Betrachter geschieht. Sie liebt mich, mag einer denken. Doch die Liebe ist nicht vorhanden wie ein Stuhl oder ein Bett. »Sie liebt mich«, denkt jener also und erwidert diese Liebe darum – und übersieht und weiß nicht, dass es vielleicht erst sein vermeintliches Wieder- und Zurücklieben ist, welches nun erst auch im Gegenüber die Liebe entfacht.

So gleicht das Aufspüren der Wahrheit dem Versuch, Wasser in einem Tuch nach Hause zu tragen. Was ist tatsächlich passiert? Wir wissen es nicht. Wenn wir von Geschehnissen erzählen, die uns zugestoßen sind, tun wir es daher unter einem Vorbehalt: dass nämlich Ereignisse und die Erinnerungen an sie Kämpfer in einem Wettstreit sind, aus dem keine Seite als Sieger hervorgehen wird.

Darum: Mondlicht flutete in mein Zimmer, und es erschien mir sehr hell, so als habe ein Filmteam einen großen Scheinwerfer in den Garten gestellt und seinen Strahl auf mein Fenster gerichtet. Doch es gab diesen Scheinwerfer nicht, und darum gut möglich, dass es auch den Mond und sein Licht nicht mehr gab. Dass es nur eine nachträgliche Einbildung ist – wie die Annahme, wir besäßen ein Ich, einen Gott, eine Welt.

Eine Zeitlang lag ich einfach nur da und konzentrierte mich auf die Konturen der verschiedenen Objekte in meinem Zimmer, die ebenfalls keine Objekte mehr waren, sondern bloß ihre als Schatten und Silhouetten dargestellten Ideen und auf diese Weise zu ihrem Ursprung zurückgekehrt. Das, was ich für den Duft der Pflanzen hielt, für Geruchsmoleküle, schwappte wie eine dicke, unsichtbare Flüssigkeit zu mir herein. Mein Denken irrte umher, doch je länger es irrte, desto deutlicher konkretisierte sich in tieferen Regionen meines Gehirns das Bild von Eva Dembrock. Nur ihres Bildes wegen, so schien mir, war ich erwacht, und als hätte ich sie durch meine Gedanken herbeilocken können, vernahm ich von draußen ein leises, aber dringlich gezischtes »Pst!«, und ich stand auf, die Decke rutschte zu Boden, und ich ging zum offenen Fenster hinüber. Unterhalb der Dachgaube kauerte Eva, dicht an die Dachschindeln gepresst. Im Hintergrund erkannte ich die Umrisse der Leiter, die sie benutzt hatte, um bis hinauf an mein Fenster gelangen zu können.

»Reich mir deinen Arm«, flüsterte sie.

Und ich reichte ihr meinen Arm und zog Eva Dembrock zu mir ins Zimmer hinein.

Später – wieviel später? – schlief ich ein und erwachte erneut. Eva war verschwunden, ich war wieder allein, nur die Nacht dauerte fort und lenkte den süß-leisen Klang einer Geige zu mir herein. Obgleich fremd, schien mir das Lied seltsam vertraut. Als ich abermals mein Bett verließ, um dem Geheimnis auf die Spur zu kommen, sah ich unvermutet sie. Sie stand unten im Garten der Dembrocks, von einem Strahl Mondlicht umzirkelt, angetan mit ihrem blassgelben Kleid, die Füße in den rot leuchtenden Stiefeln, und war in das Spiel ihrer Geige vertieft, die auf ihrer schmalen Schulter lag wie ein hölzerner Pinocchio, den ihr traurigschönes Spiel zum Leben erweckte.

Ich lauschte eine Zeitlang, das Herz wurde mir abwechselnd leicht und dann wieder schwer, und als ich glaubte, dieses Bild, das sich mir bot, nicht länger aushalten zu können, ohne vor Freude zu sterben, klingelte der Wecker und löschte es aus.

10

Am Samstag, dem 3. Juli, trug sich Folgendes zu: Als ich nach dem Aufstehen in den Badezimmerspiegel schaute, stellte ich fest, ich hatte über Nacht Pickel bekommen. Blassrot verunzierten sie mein weißes Gesicht, und wenn ich sie mit der Fingerspitze berührte, fühlte ich ein stechendes, schmerzhaftes Brennen. Noch schmerzhafter war nur mein eigener Anblick im Spiegel. Es konnte kein Zweifel mehr daran bestehen, dass das Leben mich hasste, denn sonst hätte es mich so wie Bernd werden lassen: sportlich, gutaussehend, fröhlich, beliebt.

Als ich kurz darauf am Gartenzaun auf Eva Dembrock traf, kommentierte sie die Veränderung auf meinem Gesicht mit den Worten: »Jemand sollte einen Gummistiefel erfinden, den du dir über den Kopf stülpen kannst!« Dann aber lächelte sie. Eva Dembrock lächelte.

Das war das zweite Ereignis an diesem Tag. Und es sollte nicht das letzte sein, ehe die Sonne kapitulieren und sich hinter die Horizontlinie zurückziehen würde.

»Ich habe geträumt, du hättest im Mondlicht im Garten gestanden und auf einer Geige gespielt«, berichtete ich, und weit im Westen, in den USA, bereiteten sich die Menschen auf das zweihundertjährige Jubiläum ihrer Unabhängigkeit von der britischen Krone vor, auf die Feierlichkeiten, die am nächsten Tag überall, von Los Angeles bis New York, von New Orleans bis Chicago, stattfinden würden.

»Ich hab' auch was geträumt«, entgegnete Eva. »Ein Mann hat mir ein Fernglas geschenkt, und als ich es ausprobiert habe, konnte man durch das Fernglas sehen, was einen Tag später in der Zukunft geschieht. Ich hab' es auf die leere Straße gerichtet, und da sah ich, dass ein Laster Louis anfahren würde. Also habe ich ihn am folgenden Tag nicht vor die Tür gelassen, und er wurde *nicht* angefahren. Und dann habe ich durch das Fernglas auf euren Komposthaufen geschaut und gesehen, wie du beim Komposthaufen warst und ein Ast vom Baum, der dort steht, abbrach und dich erschlug. Aber ich habe dafür gesorgt, dass du am nächsten Tag nicht in den Garten gegangen bist, ich habe dich nämlich dazu überredet, mit dem 105er in die Stadt zu fahren, um die neue *Smokie*-Platte zu kaufen, und als wir zurück waren, da lag der heruntergestürzte Ast bei euch im Garten, dir aber ist nichts geschehen. Und dann habe ich auf der Straße vor eurem Haus gestanden und durch das Fernglas gesehen, wie du mich in eurem Flur erschlägst. Und am nächsten Tag bin ich zu euch gegangen, um dich zu bitten, mich am Leben zu lassen. Aber bei euch hat niemand aufgemacht, deshalb bin ich über den Gartenzaun geklettert und über die Terrasse in euer Haus gegangen, und dann spürte ich von hinten einen Schlag mit einem Gegenstand. Du hast mich für einen Einbrecher gehalten, und dann war ich tot.«

Eva Dembrock schaute mich an.

»Na, wie findest du meinen Traum?«

»Ich würde dir nie etwas tun.«

»Sag das nicht«, entgegnete Eva. »Menschen tun sich immer was an. Das ist nun mal so.«

Ich wollte widersprechen, wollte erwidern, dass dem nicht immer so war. Außerdem hatte sie diese Geschichte gar nicht geträumt. Ich kannte sie, weil sie aus einem Comic-Heft stammte. Ein Mann bekommt ein magisches Fernglas geschenkt, und wie in Evas erlogenem Traum gelingt es ihm, zwei Katastrophen durch sein Eingreifen zu verhindern. Als er aber durch das magische Fernglas beobachten muss, wie er selbst erschlagen wird, im Haus gegenüber, verschafft er sich am anderen Tag gewaltsam Zutritt, wird für einen Einbrecher gehalten und nun tatsächlich erschlagen. *Seltsam, aber so steht es geschrieben.*

Ich sagte nicht, dass sie diesen Traum gar nicht gehabt hatte, sondern wiederholte stattdessen: »Ich würde dir nie etwas tun.«

Und wieder lächelte sie.

Wir verabredeten, nach dem Mittagessen auf unseren Fahrrädern an den Hengsteysee zu fahren, auch Louis nahmen wir mit, doch die Sonne brannte unerbittlich, Louis, der uns hinterherlief, war bald erschöpft, und Evas Hinterrad bekam einen Platten, wir hatten kein Flickzeug dabei.

Abseits der Straße legten wir uns auf eine Wiese, ein Hochspannungsmast ragte empor und schickte seine Kabel zu einem zweiten, der sich in einigen hundert Metern Entfernung befand. Wir gaben Louis zu trinken, indem ich das Wasser aus der Flasche in Evas gewölbte Handflächen goss, so dass Louis es aus ihnen herausschlabbern konnte. Eva breitete ein Handtuch aus, wir legten uns bäuchlings darauf, unsere Köpfe in die Armbeugen geschmiegt, und Eva erzählte, sie habe neben Louis auch mal einen Hamster besessen, der Heribert hieß, aber ihre Schwester habe sich versehentlich auf ihn gesetzt, als Heribert auf dem Sofa herumgeturnt war.

»Er war sofort tot«, sagte sie. »Macht aber nichts.«

»Wieso?«, hakte ich nach.

»Na, weil wir alle sterben müssen«, antwortete sie. »Und das ist auch gut so. Stell dir vor, du müsstest ewig leben ...«

»Hätt' ich gar nichts gegen«, erwiderte ich. »Dann hätte ich mehr Zeit, Bücher zu lesen – alle, die jemals geschrieben worden sind.«

Eva schaute mich an, Erstaunen im Blick, und wurde plötzlich sehr ernst.

»Bücher sind doof, alles muss man sich selber vorstellen«, erläuterte sie, »und nie ist man sich sicher, ob man es sich auch richtig vorstellt. Wenn zum Beispiel in irgendeinem Buch steht: ›Die Frau trank einen Schluck Tee‹, dann weiß man nicht, wie die Tasse aussieht, weil vielleicht gar nicht dabeisteht, die Tasse ist weiß oder blau oder grün. Und daran merkt man dann, dass alles nur erfunden ist und es die Frau und den Tee und die Tasse gar nicht gibt, und dann hat man das Gefühl, hereingefallen und betrogen worden zu sein. Und selbst, wenn da steht, welche Farbe die Tasse hat, dann fehlt irgendetwas anderes, das nicht richtig beschrieben worden ist, weil das nämlich gar nicht geht, alles zu beschreiben.«

»Um das Beschreiben geht es auch nicht«, entgegnete ich. »Es geht um die Geschichten, die die Bücher erzählen, und darum, was sie uns zu sagen versuchen. Außerdem können die Figuren in den Büchern Dinge tun, die wir nicht können.«

»Was denn zum Beispiel?«

»Na, fliegen. Oder zaubern. Oder Schmetterlinge husten.«

»Wer schreibt denn Bücher, in denen jemand Schmetterlinge hustet? Das ist doch bescheuert!«

»Gar nicht!«, protestierte ich. »Ich fänd's schön, wenn ich das könnte.«

»Ja, weil du ein Spinner bist!«, lachte Eva vergnügt und tippte mir mit ihrem Finger an die Stirn.

Als wir Hunger verspürten, holte ich die Apfelpfannkuchen hervor, die meine Mutter uns mitgegeben hatte, und Eva erblickte in meiner Tasche das Buch »Narziss und Goldmund« von Hesse. Sie bat mich, ihr etwas daraus vorzulesen, was nicht leicht war mit den Pfannkuchenstücken in meinem Mund.

»Ich kann dich überhaupt nicht verstehen!«, sagte sie, und ein Apfelstück flitschte aus meinem Mund und landete auf ihrem Gesicht, und Eva entgegnete: »Na, warte!«, spuckte mich ebenfalls an und fiel über mich her.

Wir rangelten im Gras, und Louis kläffte, ich spürte Evas Haut, weich und von der Sonne erhitzt, das vertrocknete Gras piekste mich, und einen Augenblick lang befanden sich unsere Gesichter ganz dicht beieinander, ich konnte die Musterung ihrer Iris erkennen, das darin tanzende, lachende Blau, und unser Kichern erstarb, und Eva sprang auf, lief zum Strommast hinüber und kletterte die Streben hinauf, höher und höher, bis ich es mit der Angst bekam und ihr zurief, sie möge wieder runterkommen.

Ganz nah waren unsere Gesichter einander gewesen, meine Gefühle waren in Aufruhr, aus der Höhe leuchteten Evas rote Gummistiefel zu mir herab.

»Willst du mal sehen, wie ich fliege? Möchtest du mal?«

»Komm wieder runter!«, schrie ich. »Mir zu Liebe! Bitte!«

Schließlich der Rückweg, Eva und ich, unsere Fahrräder schiebend, durstig und müde, von der Hitze zermürbt.

»Auf dem Mast war es viel schöner«, sagte Eva. »Hier unten bin ich so klein.«

Es war bereits abends, als wir die Siedlung erreichten und uns vor den Haustüren trennten. Ich stellte das Rad ab, schloss auf und spürte, dass etwas nicht stimmte. Im Wohnzimmer saßen meine Eltern schweigend nebeneinander, einen seltsamen Ausdruck auf ihren Gesichtern. Als sie mich eintreten sahen, weiteten sich ihre Augen, so als hätten sie eine böse Erscheinung. Ein Schauer, der ihren Körper aufzittern ließ, durchfuhr meine Mutter.

»Bernd ist tot. ... ein Lkw ... auf der Wittener Straße.«

Ihre Stimme war brüchig und tonlos, das Schweigen meines Vaters dauerte an.

An diesem Abend blieb der Fernseher aus. Mein Vater war in den Hobbykeller hinuntergegangen und rührte das Essen, das meine Mutter ihm vor die Tür gestellt hatte, auch später nicht an. Bernds Tod: das dritte Geschehnis an diesem Tag.

11

Anderntags stand ich in meinem Zimmer und versuchte, traurig zu sein. Doch obwohl Bernd mein Bruder gewesen war, spürte ich keinen Verlust. Zwischen ihm und mir hatte es, außer einer genetischen, keine Verbindung gegeben. Ich fühlte mich schuldig, weil es mir nicht gelang, um ihn zu trauern, und es kam mir vor, als nähme ich ihm so noch einmal das Leben.

Überhaupt: Immer denken wir ja, es gäbe nur uns auf der Welt, aber alles geht weiter und spinnt sich unaufhörlich fort. Doch schon der Ausschnitt der Welt, den man uns in den Nachrichten zeigt, erscheint uns unwirklich, hypothetisch, für die *Tagesschau* konstruiert wie ein Bühnendekor. Der Teil der Welt, den wir nicht tagtäglich vor Augen haben, gleicht einem Potemkinschen Dorf, und es ist, als würde er nur so lange existieren, wie ein Zug benötigt, um daran vorüberzufahren. Aber wir irren, er ist immer noch da.

Bernd war tot, und in den USA fanden mit großem Gepränge die Zweihundert-Jahr-Feiern statt.

Mein Vater hatte sich im Hobbykeller eingeschlossen, und aus Israel herbeigeflogene Eliteeinheiten befreiten in Entebbe die Geiseln der am 27. Juni entführten Maschine der Air France.

Ich stand in meinem Zimmer, unfähig, etwas zu tun, und in Wimbledon siegte Björn Borg.

Alles ereignete sich parallel, als hätte die Zeit, die dafür sorgt, dass die Dinge hintereinander geschehen, urplötzlich aufgehört zu existieren, und alles wäre ins Chaos gestürzt.

Schließlich hielt ich es in meinem Zimmer nicht mehr aus; ich lief hinunter, zog meine Sandalen an und rannte in den Wedheider Forst. Eine dumpfe Wut auf mich selbst trieb mich an. Mit einem Ast drosch ich auf das Farnkraut ein, bis ich erschöpft war und schwer atmend auf den Waldboden sank. Dort verharrte ich für eine lange Weile, und Bilder von Eva Dembrock gerieten mir in den Sinn. Ihr Gesicht, ganz dicht vor dem meinen. Und ich führte meinen Zeigefinger in die Nase, fand einen Popel, betrachtete ihn und steckte ihn mir in den Mund. Und da war es mir, als wäre alles nun viel leichter zu ertragen, die Welt viel weniger kompliziert und ihre Schrecken geringer geworden.

Ich merkte erst wieder auf, als ich Schritte vernahm. Louis lief auf mich zu, und kurze Zeit später erschien Eva Dembrock zwischen den Bäumen, das ausgeblichene Kleid an ihrem dünnen Körper, die roten Gummistiefel an ihren Füßen, die, wie ich wusste, zehenlos waren. Sie fragte mich nicht, weshalb ich auf dem Waldboden saß, grüßte nicht einmal, sondern blickte durch die Baumkronen zum Himmel hinauf und sagte: »Findest du es eigentlich gar nicht komisch, dass kein Regen mehr fällt?

Der Himmel ist immer nur blau. Raul sagt, dass deshalb das Brot teurer wird. Die Ähren wären dieses Jahr alle vertrocknet. Die Landwirte hätten keine Körner, sondern nur Staub dreschen können. Ich hasse den Himmel. Warum regnet es nie?«

Merkwürdig, dachte ich, dass Raul, der sich nicht scheute, jemandem eine Glasflasche an den Kopf zu schlagen, sich Gedanken über Ernten und Brotpreise machte. Merkwürdig auch, dass Eva mir davon erzählte. Spürte sie denn nicht, dass mein Bruder gestorben war und ich trauerte, weil ich unfähig war, traurig zu sein? Ich wünschte mir, ich hätte losheulen können und Eva Dembrock hätte sich zu mir gesetzt und ihren Arm um mich gelegt.

Kann sein, dass sie es womöglich getan hätte, doch ich sprang auf und rannte davon, blindlings tiefer in den Wald hinein, soweit, bis er endete und die Autobahn vor mir erschien. Eva hatte recht. Das Blau des Himmels war feindlich. Böse blakte es zur Erde hinab.

Von diffusen Gefühlen getrieben, rannte ich weiter, durch die enge Autobahnunterführung hindurch, die die Forstarbeiter und Landwirte nutzten, um von der einen auf die andere Seite zu kommen. Noch nie war ich auf dieser Seite gewesen. Der Wald wirkte struppiger, sehr viel zerzauster, so als habe man vergessen, Ordnung in ihm zu schaffen, und nach einer Weile tauchte eine verlassene Ziegelei zu meiner Linken auf, riesig und steil schnellte der Schornstein des einstigen Brennofens aus dem Boden hervor, große Disteln wucherten seitlich des schmalen Feldwegs, den ich beschritt. Ich war durstig geworden, die frischen Pickel brannten auf meinem Gesicht, immer noch schrie das Blau des Himmels zur Erde hinab.

Bald verengte verfilztes Buschwerk zu beiden Seiten den Weg, moosbefleckte Zweige bildeten eine Art schmutzigen Baldachin aus, wie durch einen Tunnel lief ich dahin und spürte meine Müdigkeit nicht. Zu meiner Rechten, von verwitterten Pflanzen überwuchert, reckte sich das Wrack eines alten Traktors traurig aus den Zweigen hervor. In den dicken Reifen fehlte die Luft, der Fahrersitz fehlte, Rost überzog das Metall. Und plötzlich, nur einige hundert Meter später, öffnete sich der schmale Weg, ein kleiner, von knorrigen Weiden umstandener See bot sich dem Blick, und jenseits von ihm befand sich ein Haus, windschief und alt, Schindeln fehlten im Dach. Alles ringsumher war in eine tiefe Stille gesenkt, kein Vogel, der rief, kein Dröhnen der Autobahn langte heran.

Um den See herum führte ein schmaler, mit Unkraut bestandener Weg, dem ich folgte, bis er mich direkt vor das Haus geführt hatte. Zwischen den schwarzen Fachwerkbalken zerbröselten Lehmwerk und Putz. Ein kleines Eisengitter umzäunte das Haus, das Gras wucherte wild und hielt einen alten Kühlschrank gefangen, den irgendwer vor Jahrzehnten im Vorgarten abgestellt hatte, ein monströses Vorkriegsmodell, wie es sie nur noch in Schwarzweiß-Filmen gab, die manchmal spätabends im Fernsehen liefen. Vorsichtig öffnete ich das niedrige Tor, es quietschte schrill in den Angeln. Wer hatte einmal derart abgeschieden gewohnt?

Meinen Blick starr auf das Haus gerichtet, näherte ich mich behutsam der Tür. Kein Lufthauch regte sich, wie tot und entleert wirkte die Welt, feindselig und fremd brannte die Sonne. Einen Augenblick lang stellte ich mir vor, der letzte Überlebende nach einer furchtbaren Katastrophe zu sein, auf der zum Scheitern verurteilten Suche nach anderen Überlebenden, die es nicht gab. Oder doch?

»Hallo«, rief ich, »wohnt hier noch wer? – Hallo?«

Keine Antwort, auch in den staubblinden Fenstern kein Anzeichen dafür, dass dieses Haus noch bewohnt war, und als ich die niedrige Haustür erreichte, fand ich sie zu meiner großen Überraschung unverschlossen vor. Ängstlich stieß ich sie auf, und historische, urzeitliche Gerüche, so stellte ich mir vor, sprangen mir entgegen. Eine tiefe Stille erfüllte das Haus. Vor mir befand sich ein kurzer Flur, links führte eine Treppe hinauf, rechts sowie mir gegenüber sah ich je eine Tür. In der Wand unterhalb der Treppe waren Kleiderhaken verankert, an denen eine Filzmütze hing. Auf ihrer Stirnseite prangte ein Hakenkreuz. Ich setzte sie auf, sie passte genau.

Ich öffnete die mir gegenüberliegende Tür. Ein großes Zimmer mit vier kleinen Fenstern, die den Blick auf einen verwilderten Obstgarten freigaben, befand sich dahinter. Zu meiner Verblüffung war es möbliert, sogar vergilbte Bilder und Fotografien hingen noch an den Wänden, und es war, als hätten die ehemaligen Bewohner dieses Haus blitzartig verlassen, in der Hoffnung, binnen kürzester Frist wiederzukehren.

Ich öffnete die Schubladen des Wohnzimmerschranks, entdeckte Nähzeug, Wollreste, alte, bräunliche Fotografien mit den Gesichtern von Männern und Frauen aus ferner Zeit, als die Menschen anders aussahen, selbst die jungen irgendwie alt. Sie blickten ernst oder traurig, müde, erschöpft, gebrochen und still.

Im zweiten Erdgeschossraum befand sich eine altertümliche Küche, ein schwarzer Topf stand auf dem Herd, der Stiel einer Schöpfkelle ragte unter dem Deckel hervor, und einen Moment lang glaubte ich, Kohlgeruch riechen zu können. Eine fette, glitzernde Fliege summte umher, ihr Fluggeräusch wirkte wie Lärm. Ich folgte ihrer scheinbar unkoordinierten Flugbahn und zuckte zusammen. Auf einem Sofa hinter einem Tisch, den eine verblasste Wachsdecke zierte, lag eine dürre, uralte Frau.

»Tot!«, dachte ich.

Eine Fülle widerstreitender Gedanken stürmte auf mich ein. Erst mein Bruder, nun diese Frau. Ich würde die Polizei herführen müssen. Aber zu meinem Entsetzen bewegte sich die Totgeglaubte und öffnete ihre tränenden, halb erblindeten Augen.

»Georg, bist du es?«, fragte sie heiser. Ein trockener Husten entkroch ihrer Brust. »Setz dich her, gleich stell' ich Wasser auf, ich will nur schnell Luft holen, dann trinken wir einen guten Kaffee.«

Sie richtete sich unter großer Anstrengung auf, immer noch hustend, und ich konnte nun sehen, wie unglaublich dünn ihre Gliedmaßen waren.

»Wo bist du so lange gewesen? Der Krieg ist doch aus«, fuhr sie fort, stützte sich mit ihren von Gicht verbogenen Fingern an der Tischkante ab und stand mühselig auf.

12

Im Zimmer meines Bruders hatte ich seine Matchbox-Autos auf dem Boden aufgereiht, an der Spitze den knallroten Volks-Dragster, der mir besonders gefiel. Bernd hatte schon seit langem nicht mehr mit ihnen gespielt, war seinem Spielzeug entwachsen. Ich erinnerte mich, wie er mir das Anfassen seiner Sachen verbot, damals, als wir noch klein waren, er zwei Jahre älter als ich. Und dennoch hatte ich mich immer wieder in sein Zimmer geschlichen und heimlich, in einer angestrengten Hektik, mit seinen Autos gespielt, stets befürchtend, von ihm dabei ertappt zu werden. Gegner waren wir gewesen, nicht Brüder.

Mein Vater kam herein, schaute mich an, nickte mir zu. Neben seinem Kopf hingen Bernds Sporturkunden und errungene Medaillen an der Wand sowie ein Mannschaftsposter von Borussia Dortmund. Warum, fragte ich mich, denn mein Bruder war Fan des VfL Bochum gewesen. Wieso funktionierte die Welt nicht mehr korrekt?

»Kannst du das Abendbrot machen?«, fragte mein Vater. »Ich glaube, deine Mutter hat sich betrunken. Aber soll sie, sonst hält man es ja doch nicht mehr aus.«

Ich folgte ihm nach unten und richtete den Abendbrottisch für ihn und mich her. Stumm folgte er meinen Bewegungen, sah zu, wie ich Brot abschnitt, Wurst und Käse auftrug und mir sogar eine Art Rührei gelang. Ich goss ihm Bier und mir Milch in ein Glas, doch als ich Platz nahm, stand er auf und ging in das Wohnzimmer. Wahrscheinlich, so mutmaßte ich, hatte er meinen Anblick nicht länger ertragen. Wahrscheinlich stieß ich ihn ab. Er hatte alle seine Hoffnungen in meinen Bruder gesetzt, und mich hatte er übrig behalten. Auch wenn mich dies schmerzte – ich war in der Lage, die Größe seines Verlustes, den Widersinn, mit dem das Leben den Menschen zusetzte, nachzuvollziehen. Gern wäre ich zu meinem Vater hinübergegangen und hätte ihm irgendetwas Tröstliches gesagt. Denn das war es doch, worum es eigentlich ging: dass Menschen einander trösten, wenn etwas Schlimmes geschieht.

Etwa eine halbe Stunde später klingelte es an der Haustür. Onkel Karl und Tante Marianne waren gekommen.

»Komm her, Frank, lass dich umarmen«, sagte Tante Marianne. »Es ist so furchtbar! Du musst jetzt sehr stark sein und dich um deine Mutter kümmern. Wirst du das tun?«

Ich nickte mechanisch, und jetzt, da sie mich immer noch hielt, strömten die Tränen aus mir heraus.

Beide gingen sie ins Wohnzimmer zu meinem Vater, und Tante Marianne schloss leise die Tür. Ich hörte Onkel Karl reden, konnte das Gesprochene jedoch nicht verstehen. Nur einmal, als Tante Marianne herauskam, um Gläser aus der Küche zu holen, vernahm ich den Satz:

»Du kannst dich jetzt nicht hängen lassen, Horst, du musst die Beerdigung regeln.«

Ich setzte mich auf die Küchenbank und dachte an die alte Frau in ihrem verfallenen Haus. Sie hatte mich für ihren Sohn Georg gehalten und mir eine Tasse Kaffee hingestellt. Ich hatte mich nicht getraut, sie allein zu lassen, und sie streichelte mich und sagte: »So lange hab' ich gewartet! Aber egal, nun bist du ja da. Nicht wahr? Jetzt bist du ja da!«

Aber ich spürte, dass sie wusste, ich war nicht ihr Sohn, und sie sich nur einzureden versuchte, ich wäre er: der nach langen Jahren wider jede Logik heimgekehrte Soldat. Geflissentlich ignorierte sie, dass ich ja viel zu jung war, um Georg zu sein – eine alte, einsame Frau, die nichts mehr besaß außer einer letzten unwirklichen Hoffnung, die seit Jahrzehnten jeden Tag aufs Neue enttäuscht worden war.

»Du hast vieles verpasst«, hatte sie zu mir gesagt. »Adenauer ist nun Bundeskanzler, es gibt auch ganz neues Geld. Ich habe alles in deinem Zimmer genau so gelassen, wie es war, als du gingst. – Möchtest du noch eine Tasse?«

13

Wieder war kein Vogel zu hören, kein Kräuseln der Oberfläche deutete auf Leben in dem kleinen See mit seinem dunklen, brackigen Wasser. Mich plagte ein schlechtes Gewissen. Bei meinem ersten Besuch vor zwei Tagen war die Alte plötzlich eingenickt, ich hatte gemacht, dass ich davonkam, so unheimlich war mir die Begegnung mit ihr.

Wieder quietschte das niedrige Gartentor in seinen Angeln, wieder fand ich die Haustür unverschlossen vor. Dieses Mal jedoch befand sich die alte Frau nicht in der Küche, sondern im Garten hinter dem Haus. Bienen durchsummten die Luft, alles stand wie brütend und stumm: die Obstbäume, die hoch aufgeschossenen Gladiolen, die großen Bohnengewächse an ihren verwitterten, morschen Klettergerüsten. Und inmitten der prunkenden Blumen, eine in der Luft schwebende Libelle links neben ihrem Kopf, saß die Alte auf einem Stuhl, in ihrem Rücken ein steinerner Brunnen mit altertümlicher Winde, vor dem im gleißenden Sonnenlicht ein Zinkeimer stand. Gegenüber Eva hatte ich bislang geschwiegen, ihr nichts von dem alten Haus und seiner seltsamen Bewohnerin erzählt, mag sein, weil ich mich schämte – mich schämte für diese Frau, die von der Welt vergessen worden war, weil es diese Welt längst nicht mehr gab. Die, die sie kannte, war untergegangen.

»Du darfst nicht in der prallen Sonne sitzen, Mutter!«, sagte ich. »Komm, wir gehen ins Haus.«

»Georg?«, fragte sie und öffnete die tränenden Augen. Immer noch schwebte die Libelle neben ihrem Kopf, als wartete sie.

Die Alte erhob sich mit Mühe.

»Nicht, du bringst mir einen Eimer Wasser herein? Mir wird das Tragen allmählich zu schwer.«

Und ohne mich anzublicken, schwankte sie auf ihren dünnen Beinen zum Haus. Ich ergriff den Eimer, hing ihn an den Haken der Kette und ließ ihn in den Brunnen hinab.

Als ich ins Haus zurückkehrte, fand ich sie schlafend auf dem Küchensofa vor. Ich stellte den gefüllten Wassereimer ab und schlich mich, von Neugier getrieben, nach oben.

Ich öffnete eine Tür und blickte in ein abgedunkeltes Schlafzimmer, in dem dick wie Brühe die Luft stand, ging hinein, zog die schweren Vorhänge auf. Verdorrte Fliegenkadaver lagen, zu Dutzenden, auf dem vergilbten Fensterbrett.

Als ich mich umsah, entdeckte ich auf dem braunen Nachttisch ein schwarzes Gebetbuch. Vorn im Deckel fand ich in Sütterlin einen Namen hineingeschrieben, und ich benötigte lange, die mir fremden Zeichen zu enträtseln: Käthe Hämmerlein.

Erst jetzt fiel mein Blick auf die große Wölbung im Bett, und der Schrecken schlug nach mir wie eine Faust. Schlief dort etwa jemand? Angestrengt lauschte ich auf Atemgeräusche, doch alles war still. Was aber lag dann dort unter der Daunendecke verborgen?

Angstvoll näherte ich mich dem Fußende des Bettes, streckte meine Hand aus und zog die Decke langsam, Zentimeter um Zentimeter, herunter, jederzeit bereit, mich umzudrehen und aus dem Zimmer zu stürmen. Zu meiner Bestürzung erkannte ich, dass tatsächlich ein Mensch in diesem Bett lag, ein Toter, der mumifiziert war: Herr Hämmerlein, wie ich annehmen musste. Flach auf dem Rücken liegend, den mit lederner Haut überzogenen Schädel auf ein Kissen gebettet, blickten seine leeren, vertrockneten Augenhöhlen auf eine Stelle zwischen Zimmerdecke und Schlafzimmerwand. Der lippenlose, leicht geöffnete Mund stellte lange, altersgelbe Zähne zur Schau, es machte den Anschein, als zeigte er ein zufriedenes Lächeln. Und wider Erwarten tat es wohl, dieses wie gefrorene Lächeln zu sehen. Mein Schrecken löste sich auf: An diesem Ort galten ja eigene Regeln!

Überhaupt – natürliche Mumifizierungen von einsam in ihren Häusern und Wohnungen Verstorbenen waren nichts Ungewöhnliches, sie kamen – ich erinnerte mich an einen Fernsehbericht – durchaus häufiger vor, es geschieht ganz von selbst.

So beruhigte ich mich wieder, mein anfänglicher Schrecken verflog. Es musste schön sein, wenn der eigene Körper nicht binnen weniger Wochen zerfiel, wenn man in einer Art Zwischenwelt weilte – zugleich präsent und doch nicht mehr da. Dem hastigen Zerfall wurde Einhalt geboten, die Hektik des Verwesens in eine statische Ruhe verwandelt. Denn es war doch traurig, dass man sich auflöste und nichts Körperliches von einem blieb, dass man so ganz und gar fortgejagt und ausgelöscht wurde.

Ich zog die Vorhänge zu und verließ dieses von der Zeit und der Welt vergessene Zimmer. War sich Frau Hämmerlein darüber im Klaren, dass sie ihr Haus mit einem Toten teilte? Hatte ihr Bewusstsein sein Versterben überhaupt registriert?

Auf dem Heimweg begegneten mir im Wedheider Forst Eva und Louis.

»Wo bist du gewesen?«, fragte sie mich.

»Rumgelaufen«, antwortete ich und blickte zu Louis, der einen bereits halb verwesten Kaninchenkadaver im Maul herumtrug. Es war, als wenn es das Leben nur noch als Ausnahme gab, ansonsten überall Sonne, Hitze und Tod sowie eine Mumie, die im Schlafzimmer von Frau Hämmerlein lag.

»Ich hab' das mit deinem Bruder gehört«, sagte Eva. »Bist du deshalb gestern und heute nicht in der Schule gewesen? Ich habe gewartet, aber du bist nicht gekommen.«

»Tut mir leid«, entschuldigte ich mich, und meine Stimme klang heiser und trocken.

Sie trat gegen mein Bein.

»Tut es dir gar nicht. Du sagst es nur so.«

Der Schmerz brannte noch, da fragte ich plötzlich: »Was geschieht bei euch unten im Keller?«

Eva Dembrock riss die Augen auf und wirkte bestürzt.

Einen Augenblick lang bereute ich es, diese Frage gestellt zu haben, ich befürchtete, sie würde sich nun auf mich stürzen, denn ihre Brauen hatten sich zusammengezogen und ihre Augen schienen zu glühen. Stattdessen zwang sie sich zur Ruhe und entgegnete: »Frag nie wieder danach, hörst du? Das geht dich nichts an!«

14

Der Fahrer des Lkw, der meinen Bruder angefahren und ihm so das Genick gebrochen hatte, hieß Manfred Ledowski, wie ich später erfuhr. In einem schwarzen Anzug, der ihm nicht passte, stand er, in der Rechten einen Strauß weißer Lilien, vor unserem Haus, ihm gegenüber, in der Haustür, mein Vater, der ihn nur ansah, fassungslos, schweigend, wie zur Salzsäule erstarrt. Wortlos schloss er die Tür, und der Mann mit den Blumen stand da und rief mit verzweifelter Stimme: »Ich hab' ihn einfach nicht gesehen. Er ist aufgetaucht wie aus dem Nichts. Es tut mir leid! Es tut mir so leid!«

»Gehen Sie weg!«, drang die Stimme meines Vaters durch die Haustür nach draußen. »Gehen Sie doch endlich weg! Ich will Sie nicht sehen!«

Der Mann legte den Strauß vor die Tür und wandte sich zum Gehen. Ich duckte mich und schlich gebückt zum Vorgarten der Dembrocks hinüber. Als der Mann fort war, kehrte ich zurück, hob die Blumen auf und warf sie in die Mülltonne vor unserem Haus. Es war besser, wenn mein Vater sie nicht noch einmal erblickte.

In der Küche saß meine Mutter. Ihr Haar war ungekämmt, und sie trug nur einen hellblauen Bademantel, dabei war es schon beinahe vier. Vor ihr standen eine Flasche Pernod und ein Glas. Als sie mich sah, lächelte sie schmerzlich, stand auf und sagte: »Ich leg' mich wieder ins Bett.«

Auf dem Küchentisch lag aufgeschlagen ein altes Schulbuch von Bernd, darin hatte sie geblättert, ehe ich kam. Die farbige Abbildung eines menschlichen Auges war zu sehen, und ich las: »Du benutzt deine Augen, um zu sehen, wohin du gehst, um deine Hände zu lenken, deine Freunde zu erkennen und die Welt um dich herum zu betrachten. Die Informationen gelangen über deine Augen in dein Gehirn. Du lernst, dich auf deine Augen zu verlassen. Sie können alle Farben unterscheiden, vom dunkelsten Blau bis zum hellsten Gelb. Du kannst sogar ein so feines Gebilde wie den Faden einer Spinnwebe ausmachen.«

Spinnweben ja, nur einen Lkw nicht.

Heute weiß ich: Sollten wir unbeschadet bleiben, so geschieht dies gegen jede Wahrscheinlichkeit. Das Leben ist nicht dazu da, uns glücklich werden zu lassen; sein Konzept beruht auf dem Prinzip der Vermeidung: nicht zu hungern, nicht zu frieren, sich kein Bein und keinen Arm zu brechen, nicht an Krebs zu erkranken, vor kein Auto zu laufen, vom Blitz nicht getroffen zu werden, nicht einsam zu sein. Ständig achten wir darauf, dass etwas *nicht* geschehen möge. Wir versuchen, uns gegen Fährnisse zu wappnen, von denen wir wissen, sie werden dennoch passieren, früher oder später, uns oder anderen, dir oder mir. Wir hoffen auf Freude, doch sie steht uns nicht zu.

Als ich später im Bett lag, drang wieder das leise Singen herein, traurig und schön, und ich stellte mir vor, dass dieses Singen die Melodie von Eva Dembrocks Geigenspiel war, von einer ins Mondlicht getauchten Eva in ihren leuchtenden Stiefeln, die den Regen anlocken wollte, weil ihr der blaue Himmel unheimlich war.

15

Meine Mutter war mit einer Flasche Gin zu den Dembrocks hinübergegangen, und mein Vater schrieb in seinem Arbeitszimmer einen Brief an den Reiseveranstalter, um sich zu erkundigen, ob er von der im letzten Herbst gebuchten Rumänienreise zurücktreten könne. Denn am 15. Juli würden die Ferien beginnen, und es war geplant gewesen, zum ersten Mal nicht an die Ostsee, sondern ins Ausland zu fahren, ans Schwarze Meer, meine Eltern, mein Bruder und ich. Daran war nun nicht mehr zu denken.

Ich saß allein im Wohnzimmer und schaute mir *Ferien auf Saltkrokan* im Fernsehen an. Der große Bernhardiner, der seinen Schwanz noch besaß, wurde »Bootsmann« gerufen, und das Schreibmaschinengeklapper des Witwers Melcher Melcherson, der mit seinen Kindern auf der kleinen Schäreninsel Urlaub machte, wurde von den Geräuschen der Schreibmaschine meines Vaters mit einem Echo versehen. Ich war ein wenig in Melchersons blonde Tochter Malin verliebt, die leichte Sommerkleider trug und sich um ihre jüngeren Geschwister kümmerte, während ihr Vater Melcher versuchte, sein neues Buch niederzuschreiben.

Ich blickte mich um. Staub hatte sich auf die Wohnzimmermöbel gesetzt, seitdem meine Mutter nicht mehr wischte, wie sie auch nicht mehr staubsaugte, wusch, kochte oder einkaufen ging. Manchmal versuchte nun ich mich im Kochen, bisweilen gab mein Vater mir Geld und schickte mich mit dem Rad zur Imbissbude in der Tänemannstraße, gleich um die Ecke vom Edeka-Laden. Einmal noch war ich dort auf Rittmöller und seine Kumpane gestoßen, aber als sie mich sahen, wandten sie sich ab und gingen in entgegengesetzter Richtung davon.

Beim letzten Gang hatte ich etwas vom Geld meines Vaters abgezweigt, um Frau Hämmerlein ein paar Apfelsinen und eine Tafel Schokolade zu kaufen. Denn noch immer plagten mich Schuldgefühle ihr gegenüber, weil ich es unterlassen hatte, die Polizei oder die Feuerwehr zu benachrichtigen, damit sie die alte Frau holen und in ein Heim bringen würden. Bestimmt wäre es notwendig gewesen, sie einmal von einem Arzt untersuchen zu lassen, so dünn und schwach wie sie war, und insbesondere ihre halb erblindeten Augen machten mir Angst. Doch alles war ja wie in einen gleißenden, stickigen Nebel gehüllt, alles urplötzlich so anders, und an diesem Abend kehrte meine Mutter nicht von den Dembrocks zurück, und mein Vater ging nicht hinüber, um sie zu holen, sondern verließ stattdessen das Haus.

In jener Nacht hörte ich ihn polternd zurückkehren, auch er hatte getrunken, und am Morgen fand ich ihn angezogen auf der Küchenbank vor, in der Pfanne auf dem Herd lag ein verbranntes Stück Fleisch.

16

Am nächsten Tag ereigneten sich folgende Dinge: Die Anzahl der Pickel in meinem Gesicht hatte sich in etwa verdoppelt, außerdem breiteten sie sich nun auch auf meinen Schulterblättern aus; im Radio wurde dazu aufgerufen, Wasser zu sparen, und der Pfarrer der St. Martin-Gemeinde erschien, um mit meinem Vater die für den kommenden Tag anstehende Beerdigung meines Bruders zu besprechen. Mit leichter Bestürzung sah er sich um und registrierte die beginnende Verwahrlosung in unserem Haus. Als er von den unerforschlichen Wegen Gottes zu sprechen begann, warf ihn mein Vater hinaus. Kurz darauf kam meine Mutter von den Dembrocks herüber, dunkle Ränder unter ihren Augen, und bat mich, den schwarzen Anzug meines Vaters aus der Reinigung zu holen.

Vor unserem Haus traf ich auf Eva, die soeben aufbrach, um mit Louis spazieren zu gehen. Sie begleitete mich.

Eine Weile liefen wir stumm nebeneinander her. Schließlich konnte ich es jedoch nicht mehr aushalten und fragte: »Haben deine und meine Mutter die ganze Zeit über getrunken bei euch?«

Eva blieb stehen. »Meine Mutter ist gar nicht da. Die ist mit Trixi zu Oma Haurig gefahren.«

Ich stutzte, versuchte, das Gehörte zu deuten, und erkundigte mich: »Und was hat meine Mutter dann bei euch gemacht?«

»Mit meinem Vater getrunken. Die beiden scheinen sich gut zu verstehen. – Hast du es nicht gehört? Zum ersten Mal gab es überhaupt keinen Streit.«

Nun war ich wirklich verwirrt. Meine Mutter und Herr Dembrock schienen sich gut zu verstehen? Es fühlte sich an wie ein großer Verrat! Ich wusste nicht viel über die Ehe meiner Eltern, aber ich spürte doch, dass es die Pflicht meiner Mutter gewesen wäre, in den Tagen nach Bernds Tod bei meinem Vater zu sein. Ausgerechnet Herr Dembrock, der mir unheimlich war und den ich als grobschlächtig und böse kennengelernt hatte.

Wir kamen zur Textilreinigung, und ich ging hinein, um mir den Anzug geben zu lassen. Auf dem Rand des Brunnens, der sich gegenüber dem Geschäft befand, saßen zwei Jugendliche und ließen ihr Transistorradio laufen: »Living Next Door To Alice« von *Smokie* erklang. Evas Augen leuchteten auf. Ich wusste inzwischen, sie schwärmte für Chris Norman, den Sänger der Band, und ich konnte darum ihn und seine Gruppe nicht ausstehen. Noch schlimmer war, dass Eva zu den Jugendlichen ging und sich zu ihnen setzte. Wie einen Trottel ließ sie mich stehen, und ich war wütend, schluckte meinen Groll jedoch herunter und brachte Vaters schwarzen Anzug nach Hause.

Zum ersten Mal seit Tagen sah ich meine Mutter wieder richtig frisiert. Sie hatte ein sauberes Kleid angezogen, schrubbte die Fettreste von den Herdplatten und sagte, als ich ihr den Anzug reichte: »Danke, mein Großer!«

Aus meinem Zimmer holte ich die Apfelsinen und die Schokolade und machte mich auf den Weg zum schiefen Haus.

»Georg!«, begrüßte mich Frau Hämmerlein freudig. Sie wirkte sehr aufgeräumt, kräftiger und wacher als bei meinen Besuchen zuvor. Und sie bat mich, hinunter in den Keller zu gehen, um ein Glas eingemachter Erdbeeren zu holen, die sie vorgab, essen zu wollen, und als ich die Treppe hinabstieg, stand sie oben, lächelte seltsam und verriegelte von außen die Tür. Ich lief wieder hinauf, rüttelte an der Klinke und begriff, dass mich Frau Hämmerlein eingesperrt hatte.

»Mutter!«, rief ich. »Mach bitte die Tür auf!«

»Sag nicht Mutter zu mir«, kam es zurück. »Ich weiß, du bist nicht Georg. Du bist hier und willst mich bestehlen! Und deshalb tust du nur so, als wärest du Georg.«

»Ich will sie nicht bestehlen, Frau Hämmerlein!«, rief ich verzweifelt. »Ich hab' Ihnen Apfelsinen und Schokolade mitgebracht!«

»Du bleibst hier, bis Georg kommt. Der wird schon fertig mit dir!«

So wurde ich von Frau Hämmerlein im schiefen Haus gefangen gehalten.

Der Keller war fensterlos, niedrig und feucht. Nur eine Glühbirne spendete gelbliches Licht. Schon bald begann ich, in meinem dünnen T-Shirt zu frieren. Ich hämmerte mit den Fäusten gegen die Tür, aber Frau Hämmerlein ließ mich nicht frei. Panik stieg in mir auf, Panik, in diesem düsteren Keller zu Grunde zu gehen. Niemand würde mich finden, viel zu abgelegen war dieser Ort.

Einige Male warf ich mich mit dem Körper gegen die Tür, sie gab nicht nach, ich war zu schwach.

Ich entdeckte einen Kartoffelsack und legte ihn mir über die Schultern, aber er wärmte mich nicht. Die Panik wich einer dumpfen Erschöpfung, ich kauerte mich verwirrt an die Tür. Warten – mehr konnte ich nicht.

17

Ich erwachte, weil ich fror, blickte mich verzweifelt um und fiel in ein stumpfsinniges Brüten. Eva Dembrock war in Chris Norman verliebt, ein Lkw hatte meinem Bruder das Genick gebrochen, meine Mutter mit Herrn Dembrock Freundschaft geschlossen. Im Keller der Dembrocks geschahen merkwürdige Dinge, ich war eingesperrt wie ein Tier, ich war hässlich und dick.

Fette Tränen liefen mir die Wangen hinab, ich dauerte mich, weil das Leben ungerecht war. Nicht einmal Eva Dembrock würde mich wirklich vermissen, falls ich hier starb. Ich war fehl auf dieser Welt, ein genetischer Irrtum, dazu dumm und ein Schwächling, denn ich hatte mich von einer Greisin überrumpeln lassen.

Da rief eine Stimme: »Georg, bist du das? – Was machst du da unten? Komm rauf, wir trinken Kaffee ...«

Und die Tür wurde entriegelt, ich stürzte hinaus, vorbei an der dumpf glotzenden Alten, die sich erschrak. Aber es war kein Jubel in mir, nun doch nicht elendig sterben zu müssen, weil weiterzuleben womöglich noch schrecklicher war.

Noch immer Tränen auf dem Gesicht, umlief ich den See, rannte an der alten Ziegelei vorbei, durch die Autobahnunterführung. Ich würde nie wieder zum schiefen Haus gehen, das war vorbei.

Während ich rannte, wurde mir klar, dass ich die ganze Nacht im Keller zugebracht hatte. Bernds Beerdigung! Wie spät war es? Ich trug keine Uhr.

Wo die Wiesen und Felder begannen, lungerten an einem Weidegitter Raul Dembrock und ein paar andere herum.

»Na, sieh mal einer an!«, rief Raul mir von weitem entgegen. »Solltest du nicht auf der Beerdigung sein?«

Ich hielt inne, Seitenstiche machten das Weiterlaufen unmöglich, ich atmete schwer.

»Was'n das für 'ne Pickelvisage?«, wandte sich einer der jungen Männer an Raul.

»Das ist der, der schon von den Bullen gesucht wird«, antwortete Raul. Und an mich gewandt, fuhr er fort: »Also? Wo bist du gewesen? Nach Trimmdich sieht das nicht gerade aus.«

Er hielt ein Sexmagazin in der Hand, wie ich jetzt sah, das Bild einer nackten Frau leuchtete auf, und statt zu antworten, entlud sich nun alles in mir. Die Tränen strömten erneut, und ich fiel in ein heftiges Schluchzen.

»Was'n los mit dem Knaben? Sieht aus wie'n Mongo und flennt uns hier voll!«

»Siehst du doch! Der hat sie nicht alle!«, sagte ein Dritter.

»Hört auf!«, befahl Raul. Und zu mir: »Komm, ich fahr dich nach Hause ...«

Er steckte das Magazin ein, startete das Mofa, ich setzte mich auf den Gepäckträger und wurde von Raul Dembrock nach Hause gebracht.

»Wie spät ist es?«, fragte ich ihn, als er mich abgesetzt hatte.

»Viertel nach eins.«

»Dann ist die Beerdigung schon vorbei!«, rief ich entsetzt.

»Hier!«, sagte Raul und reichte mir ein Papiertaschentuch. »Mach dich erst mal sauber. Du siehst fürchterlich aus.«

»Danke«, sagte ich mit halb erstickter Stimme. Es tat gut, getröstet zu werden.

»Um ehrlich zu sein, du bist mir egal«, erwiderte er. »Es ist nur wegen meiner Schwester. Die sagt, dass ich auf dich aufpassen soll.«

Schuldbewusst lief ich zur Haustür. Noch bevor ich den Schlüssel ins Schloss gesteckt hatte, schwang sie ruckartig auf, und mein Vater verabreichte mir eine so schwere Ohrfeige, dass ich beinahe umfiel.

»Was ist nur mit euch los?«, fragte er.

Im Wohnzimmer und in der Küche waren viele Menschen versammelt. Einige kannte ich, andere hatte ich noch niemals gesehen, Tante Lele zum Beispiel, die aus Bremerhaven angereist war. Onkel Karl erklärte, sie wäre eine Großcousine von meiner Mutter und ihm. Von Onkel Karl erfuhr ich auch, dass meine Mutter mitten in der Trauerrede des Pfarrers aufgestanden war. Zur Verblüffung aller hatte sie die Trauerhalle verlassen. Tante Marianne war ihr nachgelaufen, hatte meine Mutter jedoch nicht zur Umkehr überreden können. An der Beisetzung nahm sie nicht teil, ein Skandal, und viele der Trauergäste waren schockiert: eine Mutter, die sich von der Beerdigung ihres Kindes davonstiehlt. Andere verteidigten sie: Sie habe die Zeremonie vor lauter Schmerz nicht länger aushalten können.

Wie ich erfuhr, lag meine Mutter inzwischen im Bett.

Tante Marianne kam auf mich zu: »Um Himmels willen, Frank, wo bist du gewesen? Wir haben uns große Sorgen gemacht!«

»Lass ihn«, entgegnete Onkel Karl. »Jeder trauert auf seine eigene Weise. Die Hauptsache ist doch, er ist wieder da.«

Tante Marianne zog sich in die Küche zurück, um das Buffet für die Trauergäste vorzubereiten; Frau Timmermann, eine Nachbarin vom unteren Ende der Straße, half ihr dabei.

»Geh ins Wohnzimmer zu deinem Vater«, wies Onkel Karl mich an. »Er braucht dich. Lass ihn nicht allein zwischen den anderen sitzen. Aber vorher wasch dich. Und zieh dir was Sauberes an.«

Als ich sauber und frisch gekämmt, das Gesicht jedoch immer noch voller Pickel, ins Wohnzimmer trat, redeten die Erwachsenen nicht über Bernd, sondern über Hypothekenzinsen, Autofinanzierungen und den bevorstehenden Urlaub. Tante Lele würde an den Lago Maggiore fahren, ein Ehepaar, das mir als Onkel Franz und Tante Ilse vorgestellt wurde, nach Altfunnixsiel, sie führen schon seit Jahren dorthin, erfuhr ich, immer in dieselbe Pension, die eine ältere Dame namens Peters betrieb.

Ortsnamen fielen, die Vorzüge der Urlaubsziele wurden gepriesen, Tante Marianne und Frau Timmermann trugen kalte Platten herein, die Männer tranken nun Bier und auch Schnaps. Und plötzlich stand meine Mutter im Zimmer, starrte die dort Versammelten ausdruckslos an und nahm schließlich die Flasche Bommerlunder vom Wohnzimmertisch. Wortlos ging sie zur Haustür, dabei von den Blicken aller verfolgt, und ich wusste, sie ging zu den Dembrocks hinüber.

»Marion!«, rief mein Vater und erhob sich. »Marion, bitte bleib hier!«, und es klang verletzt, wütend, einsam und verloren zugleich.

Er eilte ihr nach.

»Marion, du kannst doch jetzt nicht einfach so gehen. Wir haben Gäste! Was sollen die denken von uns?«

Und wir hörten die Stimme meiner Mutter, die antwortete: »Horst, lass mich! Hörst du? Lass mich endlich in Ruh'!«

In jener Nacht erschien der Kopf von Eva Dembrock im geöffneten Fenster meines Zimmers. »Pst!«, flüsterte sie, ich stand auf und half ihr herein. Sie trug ein großes, gepunktetes Nachthemd, dazu ihre roten Gummistiefel, und sie roch nach Seife und Creme. Diesmal träumte ich nicht; sie hatte tatsächlich eine Leiter an die Hauswand gelehnt, nun glitt sie wortlos zu mir ins Bett. Ich war zu verblüfft, um etwas zu sagen, als sie ihren Arm um mich legte. Es fühlte sich unbekannt und wunderbar an. So lagen wir einfach nur da: das Mädchen, das keine Zehen besaß, und der dickliche Junge, der sich fürchtete, das Leben könnte ihn hassen.

Schließlich sagte sie leise: »Steh auf! Zeig mir das Zimmer von Bernd.«

»Wieso?«, fragte ich.

»Steh schon auf. Frag nicht soviel.«

Noch immer standen die Matchbox-Autos säuberlich auf dem Boden aufgereiht; das Licht der Straßenlaterne fiel durch das Fenster und beleuchtete sie.

Eva Dembrock kniete nieder und fragte: »Was passiert jetzt mit denen?«

Eine merkwürdige Frage. Was sollte mit ihnen geschehen? Ich hatte mir keine Gedanken darüber gemacht.

»Wenn du mir welche schenkst, komm' ich ab jetzt häufiger nachts in dein Zimmer. – Also sag schon: Krieg' ich ein paar?«

»Von mir aus«, entgegnete ich. »Nimm sie. Ich spiel' nicht damit.«

»Nicht alle!«, korrigierte sie mich. »Drei! Jedesmal, wenn ich nachts komme, gibst du mir drei.«

»Wozu?«, wollte ich fragen, sagte aber stattdessen: »Okay«, und Eva Dembrock streckte ihre Hand aus und nahm sich drei Stück. Zu meiner Erleichterung wählte sie den Lotus Europa, den Porsche 910 und den Alfa Carabo und rührte den roten Volks-Dragster nicht an.

»Komm!«, sagte sie. »Gehen wir wieder zu dir.«

Als ich erwachte, war Eva Dembrock schon fort.

18

Die Ferien hatten begonnen, ich erhielt, da ich seit dem Tod meines Bruders nicht mehr in der Schule gewesen war, mein Zeugnis per Post, und ein Antwortschreiben des Reiseanbieters informierte meinen Vater, dass er die gebuchten vierzehn Tage Vollpension am Schwarzen Meer zwar stornieren könne, in diesem Fall, so kurz vor dem geplanten Termin, allerdings nur zehn Prozent des Reisepreises erstattet bekäme.

Mein Vater entschied, die Reise nicht zu stornieren.

»Es wird uns gut tun, vierzehn Tage Abstand zu gewinnen. Hier werden wir sonst alle noch irre«, unterrichtete er meiner Mutter und mich.

Zwei Tage vor der Abreise erklärte meine Mutter jedoch, dass sie nicht mitfliegen werde. Mein Vater beschwor sie, ihm nicht auch noch das anzutun, irgendwann müsse man wieder zu normalen Verhältnissen zurückkehren; was geschehen sei, sei eine Katastrophe, aber die Reise sei doch geplant und bezahlt.

Doch was auch immer er vorbrachte, er stimmte meine Mutter nicht um. Und auch mir graute vor dieser Rumänienreise, denn wie versprochen erschien Eva Dembrock in unregelmäßigen Abständen nachts in meinem Zimmer, zog ihre Stiefel aus, kam zu mir ins Bett und legte ihre Arme um mich. Vollkommener konnten Nächte nicht sein. Was sollte ich in Rumänien, wenn sie nicht mitflog? Wieso war mein Vater so sehr auf diese Reise fixiert?

Eines Abends nahm ich all meinen Mut zusammen und fragte ihn also, ob es nicht möglich wäre, statt meiner Mutter Eva Dembrock mitzunehmen, und statt zu antworten, schaute mein Vater mich an, als hätte ich ihm einen Dolch in die Rippen gestoßen. Sofort setzten Schuldgefühle mir zu. Mein Vater, so spürte ich, hatte niemanden mehr – das Schlimmste, was einem Menschen zustoßen kann. Mit Bernds Tod war auch die Erkenntnis gekommen, dass seine Ehe schon seit langem nur ein Konstrukt gewesen war, wie Venedig auf hölzernen Pfählen errichtet, die, morsch geworden, die Last nicht mehr trugen. Nein, mein Vater hatte niemanden mehr, und so flogen er und ich an einem Freitag nach Konstanza, in einer altertümlichen Propellermaschine, deren Tragflächen mit am Flugzeugrumpf verankerten Seilen stabilisiert worden waren. Frau Timmermann, die mit ihrem Mann bereits im vergangenen Jahr nach Rumänien gereist war, hatte mir geraten, alte Jeanshosen, Toilettenartikel, Damenstrumpfhosen und andere Dinge, die in Rumänien nicht zu bekommen waren, mit auf die Reise zu nehmen, man könne sie dort gegen gutes Geld verkaufen oder, falls notwendig, Beamte und Kellner bestechen. Sie hatte recht. Bereits nach der Landung gab es Probleme.

Schwere Militärfahrzeuge waren außerhalb des Flughafengebäudes postiert; überall waren Soldaten präsent. Sie trugen Maschinengewehre. Einer von ihnen trat an meinen Vater heran, bugsierte ihn aus der Reihe der vor dem Passschalter anstehenden Touristen heraus und dirigierte ihn zu einer Umkleidekabine. Ein dort wartender Beamte sagte auf Deutsch: »Leibesvisitation!«

Kurz darauf war das wüste Fluchen meines Vaters zu hören, der vor der Kabine wartende Soldat schritt ein, der Vorhang wurde jäh zur Seite gezogen.

»Nix Einreise!«, sagte der Beamte, denn mein Vater hatte sich widersetzt, als nach seiner Kleidung auch sein Rektum untersucht werden sollte.

»Er wollte mir seinen Finger in den, na, du weißt schon, stecken!«, empörte er sich.

»Kondom!«, sagte ich, an den Beamten gewandt. »Kondom!« und deutete auf meinen Koffer.

Die Miene des Einreisebeamten veränderte sich.

»Bitte folgen!«, sagte er, plötzlich freundlich geworden.

Wir passierten die Sperrzone ohne Kontrolle und wurden in ein kleines Zimmer geführt. Ich legte den Koffer auf einen Tisch und öffnete ihn. Der Beamte schob mich zur Seite und nahm ein Paket Kaffee, eine Schachtel Tampons und eine Packung Kondome heraus.

»Woher hast du das alles?«, fragte mich mein Vater verblüfft.

»Gekauft«, erwiderte ich.

»Du hast Kondome gekauft?«

»Frau Timmermann hat gesagt, es wäre klug, welche mit nach Rumänien zu nehmen.«

»Frau Timmermann?«

»Sie war schon im letzten Jahr hier.«

Ich schloss meinen Koffer, und der Beamte, der seine Beute inzwischen in einem Spind verstaut hatte, den er mit einem Vorhängeschloss sicherte, stempelte unsere Pässe und führte uns durch das Flughafengebäude nach draußen zu den dort wartenden Bussen. Sein Deutsch war merklich besser geworden.

»Ich wünsche Ihnen einen angenehmen Aufenthalt!«, verabschiedete er sich und führte militärisch seine rechte Hand an die Stirn.

Wir fanden unseren Bus und stiegen ein. Quer über Land ging es nach Neptun, einer von Hotelburgen dominierten Trabantenstadt für hauptsächlich deutsche Touristen. Wir bezogen ein gemeinsames Zimmer, und in der Nacht lag ich da und konnte nicht schlafen, weil Eva mir fehlte.

Die Tage verstrichen öde und dumpf. Frühstück um acht, dann an den Strand, Mittagessen, Strand, Abendbrotzeit. Nach dem Abendessen dehnte sich die Zeit bis zum Schlafengehen besonders unerträglich. Wie wir erfuhren, bot das Hotel seinen Gästen nur freitags und samstags ein Unterhaltungsprogramm, so saßen mein Vater und ich im Aufenthaltsraum, spielten freudlos Bauernskat oder blickten zum Fernseher, der ausnahmslos rumänische Serien und Spielfilme zeigte.

Auch das Lesen bot keine Freude. Mir war, als ob mein Vater eifersüchtig auf die Bücher sei, die ich mitgebracht hatte. Er sagte: »Immer nur dieses verdammte Papier! Lauf herum oder geh in den Pool! – Was liest du da überhaupt?«

Und er beugte sich vor, um mir das Buch aus den Händen zu nehmen. »Carson McCullers? – Nie von gehört.«

Schwer war es am Strand, wenn es nichts gab, außer brütend nebeneinander in der Sonne zu liegen, wenn wir unser gegenseitiges Fremdsein nicht mit Hilfe mechanischer Urlaubsrituale zu kaschieren vermochten: Verlassen des Zimmers, Aufsuchen des Speisesaals, wortlose Nahrungsaufnahme, Verlassen des Saals, Rückkehr zum Zimmer, Aufsuchen des Aufenthaltsraums. Am Strand fühlte ich die Verschiedenheit zwischen mir und meinem Vater am stärksten, und es schmerzte mich zu erkennen, dass sein Leben freudlos war. Er und ich waren zwei Unbekannte, die sich ein Strandhandtuch teilten, ohne zu wissen, warum.

Manchmal sagte mein Vater: »Los, wir gehen schwimmen!« Aber es war ihm anzumerken, dass auch er keine Lust dazu hatte. Dennoch erhoben wir uns, gingen langsam und von der flirrenden Sonnenglast geblendet ins Meer und schwammen schweigsam und ziellos einige Minuten umher, ehe wir uns wieder auf das große, rote Strandhandtuch legten.

Abends versuchte mein Vater, nach Hause zu telefonieren, doch niemand hob ab. Auch am nächsten Tag hatte er keinen Erfolg. Beim nächsten Versuch zwei Tage später meldete sich die Stimme von Frau Dembrock. Wortlos legte er auf.

»Warum geht diese Dembrock an unseren Apparat? Wieso geht deine Mutter nicht ran?«

Schließlich erkundigte er sich beim Reiseleiter vor Ort, ob es möglich wäre, eine Woche früher zurück nach

Deutschland zu fliegen. Nach zahlreichen, vom Reiseleiter geführten Telefonaten erhielten wir schließlich grünes Licht. Froh, unserer Hölle entrinnen zu können, brachen wir zum Flughafen auf. In den zurückliegenden Tagen hatte ich beinahe meine gesamte Handelsware verkauft, vornehmlich an das Hotelpersonal, und weil ich wusste, dass ich die rumänischen Leu, die ich besaß, in Deutschland nicht würde eintauschen können, kaufte ich für Eva ein teures Präsent: eine goldene Halskette, deren Anhänger die Form eines kleinen Hundes besaß. Mit Hilfe eines Nagelknipsers brach ich den Schwanz von ihm ab.

19

Als wir in Düsseldorf landeten, waren unsere Koffer verloren gegangen und mit ihnen die Kette für Eva. Doch der größte Schock stand meinem Vater erst noch bevor. Es war ungefähr halb neun Uhr abends, als wir unsere Siedlung erreichten, das Taxi stoppte vor unserem Haus.

Drinnen standen überall leere Flaschen herum, es roch nach Alkohol, und auf dem Wohnzimmersofa hatte es sich Frau Dembrock gemütlich gemacht. Der Fernseher lief, und auf dem Boden lag Trixi.

Als sie uns erblickte, drehte sie den Kopf zu ihrer Mutter und fragte: »Was wollen die denn schon hier?«

»Genau. Solltet ihr nicht erst nächste Woche wieder zurück sein?«, wandte sich Raul Dembrock an mich, der plötzlich im Türrahmen stand.

»Was zum Teufel ...«, begann mein Vater, aber Trixi unterbrach ihn: »Pst, verdammt, ich versteh' sonst nichts mehr.«

Frau Dembrock beugte sich vor, griff nach ihrem Whiskeyglas und führte es zum Mund.

»Sie hätten nicht wegfahren sollen«, sagte sie schließlich.

Frau Dembrock bot meinem Vater etwas zu trinken an, ganz so, als sei nicht sie, sondern er plötzlich Gast. Sie berichtete, wie ihr Mann sie vor die Tür gesetzt habe, er lebe jetzt mit meiner Mutter zusammen. Eva wäre drüben geblieben, sie selbst sei mit Raul und Trixi bei uns eingezogen, irgendwohin hätten sie ja schließlich gemusst, und außerdem habe Marion ihr die Schlüssel gegeben. Manchmal liefen die Dinge eben nicht rund, was solle man machen?

Es dauerte lange, bis mein Vater das in seiner Abwesenheit Vorgefallene wirklich erfasste, die ganze Tragweite des absurden Vorkommnisses tatsächlich begriff.

Als er das Gehörte endlich verarbeitet hatte, sprang er auf und stürmte zum Haus der Dembrocks hinüber. Ich folgte ihm nach.

Vater klingelte Sturm, aber als geöffnet wurde, blieb ihm keine Zeit, gegen die neuen Zustände Protest anzumelden, Herr Dembrock schlug ihm ohne Vorwarnung die Faust ins Gesicht, und aus dem Hintergrund rief meine Mutter: »Bitte, Erich, schlag ihn nicht tot!«

Mein Vater stürzte, aber er rappelte sich auf und versuchte, auf Herrn Dembrock loszugehen. Ein zweiter Schlag beförderte ihn auf den Boden zurück. Hinter Herrn Dembrock erschien meine Mutter. Sie hatte sich die Haare kurzschneiden lassen und trug nur Slip und BH. Als sie mich sah, nahm sie schnell eine Jacke von der Garderobe und schlüpfte hinein.

»Marion ...«, flehte mein Vater, aus seiner Nase lief Blut. »Was ist denn nur los?«

»Was soll schon los sein?«, wiederholte Herr Dembrock. »Sie hat die Schnauze voll, das ist alles.«

»Ich rufe die Polizei«, sagte mein Vater, und Herr Dembrock lachte wild auf.

»Na, dann ruf sie doch! Erzähl der Polizei, deine Frau ist dir stiften gegangen. Und dann? Dann ist alles wieder so wie vorher, oder was? – Marion hat recht. Du bist wirklich bekloppt ...«

Mein Vater blickte zu meiner Mutter, doch die wandte sich ab und sagte kein Wort.

»Lass dich hier nicht wieder sehen!«, rief Herr Dembrock so laut, dass man es in der gesamten Nachbarschaft hörte, dann schloss er die Tür.

Vater rief nicht die Polizei. Er stellte eine Campingliege in den Keller. Auch zur Arbeit ging er nicht mehr. Ich habe ihn nur noch zweimal gesehen.

20

Da nun Raul in meinem Zimmer schlief und Trixi Bernds Zimmer belegte, zog auch ich zu den Dembrocks hinüber, ging Evas Vater aber so gut es ging aus dem Weg. Endlich konnte ich ihr nahe sein, wann immer ich wollte.

Während meine Mutter und Herr Dembrock den Tag damit verbrachten, sich zu betrinken, besorgten Eva und ich den Einkauf und bereiteten die Mahlzeiten zu. Wie ich eines Abends, als wir im Garten saßen, von Eva erfuhr, war Louis nicht immer schwanzlos gewesen. Einmal aber hatte er mit seinem Schwanz versehentlich Herrn Dembrocks Glas vom Wohnzimmertisch gefegt, weiterer Alkohol war nicht mehr im Haus. In seinem Zorn hatte Herr Dembrock eine Axt geholt und Louis den Schwanz abgehackt. Seit ich dies wusste, vermied ich den Kontakt zu Herrn Dembrock noch mehr.

»Was soll man machen?«, erklärte mir Eva. »Menschen sind eben so.«

»Ich versteh' nicht, warum meine Mutter bei ihm ist. Was sieht sie in ihm?«

»Gar nichts«, sagte Eva. »Aber wir Frauen sind komisch. Manchmal sehnen wir uns nach etwas, das nicht gut für uns ist. Und wenn es weh tut, weiß man wenigstens, dass man noch lebt.«

»Aber bei meinem Vater hat sie es viel besser gehabt!«, begehrte ich auf.

Eva erwiderte: »Hatte sie nicht.«

»Aber hier sitzt sie nur rum und betrinkt sich.«

»Stimmt. Und *meinem* Vater macht es nichts aus.«

Ich wagte nicht weiterzudenken. Schlief meine Mutter mit ihm? Wenn man Kind ist, stellt man sich die Frage, ob Mutter und Vater miteinander verkehren, für gewöhnlich nicht, und noch weniger stellt man sich vor, die eigene Mutter könnte mit jemand anderem schlafen. Eltern haben keine Sexualität, so glaubt man, weil diese Ungeheuerlichkeit im Denken eines Kindes noch nicht existiert. Plötzlich aber zerreißt der Schleier, der alles verbirgt, und man erhält Einblicke, die monströs sind, unverständlich oder auch nur auf beängstigende Weise andersartig und neu. Ich musste erkennen, dass der Mensch, der mir die ganze Ewigkeit meiner Kindheit hindurch am nächsten gestanden war, eben nicht nur meine Mutter, sondern auch eine Frau war. Sie besaß ein Geschlecht, wie ich mit Verblüffung begriff. Nein, nicht mit Verblüffung, eher war ich erschrocken, denn mit der Geschlechtlichkeit, die ich nun an ihr erkannte, waren mütterliche Reinheit und Makellosigkeit, waren Marienhaftigkeit und Unantastbarkeit verloren gegangen. Sie war irdisch geworden, besaß einen Körper, der plötzlich mehr war als ein vertrautes Gesicht. Vage spürte ich, weshalb sie nicht mehr mit meinem Vater unter einem Dach leben wollte. Auch sie hatte sich ihr Leben einmal anders erträumt. Nun war ihr die Kraft ausgegangen, denn es gibt nur wenige, die das Leben nicht abschleift und stattdessen markant werden lässt.

Obwohl ich mich dagegen zu sträuben versuchte, gerieten mir unklare Bilder in den Kopf: meine Mutter und Herr Dembrock umschlungen im Bett. Scham flutete auf, denn es war Unrecht, diese Bilder zu haben, es schickte sich nicht. Und noch etwas anderes setzte mir zu, ohne dass ich in der Lage gewesen wäre, es in Worte zu fassen, denn ich war mir dessen, was geschah, nicht bewusst: dass die Wirklichkeit mein Leben betrat. Und wie es ihre Eigenart ist, war sie im Weg. Sie stellte ein Hindernis dar, eine sonderbare Form der Erkrankung, die mein Gehirn erfasst hatte und meine Wahrnehmung, indem sie sie schärfte, in Mitleidenschaft zog. Erwachsen zu werden schien etwas Ungeheuerliches und Gemeines zu sein, der Verlust von Freude und Glück.

Eine Woche, nachdem wir aus Rumänien zurückgekehrt waren, klingelte Onkel Karl bei den Dembrocks, wieder öffnete Herr Dembrock die Tür, aber Mutter rief: »Das ist mein Bruder, lass ihn herein!«

Onkel Karl blieb nicht sehr lange. Als er ging, hörte ich ihn sagen: »Marion, ich verstehe dich nicht. Dinge brauchen schließlich eine Ordnung. Falls du mich suchst, ich bin drüben bei Horst!«

Am nächsten Tag wurde das neue Lied »Dancing Queen« der schwedischen Popgruppe *Abba* im Radio gespielt. Es gefiel mir und Eva sofort.

21

Eva und ich traten mit den Einkaufstüten aus dem Edeka-Laden in die gleißende Sonne hinaus. Obwohl es erst gegen elf Uhr morgens war, herrschte bereits eine brütende Hitze, kein Lufthauch regte sich.

Vor der Tür wartete schon Raul auf uns und nahm die Tüten entgegen, um sie auf dem Mofa nach Hause zu fahren.

»Was ist mit deinem Bruder?«, fragte ich Eva.

»Was soll mit ihm sein?«, erwiderte sie und löste die Leine von Louis, der draußen am Radständer festgezurrt war.

»Warum tut er alles, was du ihm sagst?«

»Na, weil er verliebt ist in mich.«

»Du willst sagen, er hat dich sehr gern«, hakte ich nach.

»Nein«, entgegnete sie, »ich will sagen, dass er mich liebt.«

»Aber es ist verboten, seine eigene Schwester zu lieben.«

»Es ist auch verboten, dass mein Vater deinen verhaut, und er hat es trotzdem getan. Es lässt sich nicht ändern.«

»Warum seid ihr so?«, fragte ich sie. »So anders als alle?«

»Wieso sind wir denn anders? Wir sind genauso wie alle. Bei uns fällt es nur deutlicher auf.«

»Und wie ist es mit dir?«

»Was denn?«

»Bist du auch in irgendjemand verliebt?«

»Du meinst außer in Chris Norman von *Smokie*?«, fragte Eva zurück.

Ich nickte.

»Sag du's mir: Bin ich in irgendjemand verliebt?«

»War nur so 'ne Frage«, wich ich ihr aus.

»Dann ist ja gut ... «

Sie lächelte, und wir liefen zu den Feldern, damit Louis Auslauf bekam. Ich hatte inzwischen verdrängt, dass Herr Dembrock ihm den Schwanz abgehackt hatte, es fiel mir gar nicht mehr auf – so wenig wie die Tatsache, dass Eva keine Zehen besaß. Wenn man das eigentlich Fremde nur lange genug vor Augen hat, erreicht es den Status der Normalität, und ganz gleich, ob gut oder schlecht, man gewöhnt sich daran. Gewöhnung hilft uns, Dingen, die nicht zu ändern sind, Gleichmut entgegenzubringen. Doch zum Glück vertrauen wir nicht immer auf sie. Denn als wir zurückkehrten, eilte meine Mutter auf uns zu. Sie war aufgelöst, zog uns in die Küche der Dembrocks und schloss leise die Tür.

»Ihr müsst ihn wegbringen«, flüsterte sie. »Er hat ihn schon wieder geschlagen!«

So erfuhr ich, was im Keller der Dembrocks geschah.

22

Wir hatten ihn in meinen alten Bollerwagen gesetzt; es war nicht leicht gewesen, ihn aus dem Keller nach oben zu schaffen. Er schrie und schlug um sich, wusste nicht, was mit ihm geschah. Glücklicherweise wachte Herr Dembrock von seinen Schreien nicht auf. Er lag oben im Schlafzimmer und schlief seinen Rausch aus, hatte meine Mutter berichtet und zur Eile gedrängt. Wie konnte sie es nur aushalten mit einem Menschen wie ihm?

Eva hatte aus Bernds Zimmer drei weitere Matchbox-Autos geholt. Als er sie bekam, beruhigte er sich, und mit Rauls Hilfe hatten wir ihn in den Bollerwagen gehievt. Es machte keinen Sinn, ihn in unserem Haus unterzubringen. Erstens hätte mein Vater womöglich protestiert oder noch schlimmer, die Polizei eingeschaltet, zweitens wäre er auch dort nicht vor Herrn Dembrock sicher gewesen. Ein Heim komme ebenfalls nicht in Betracht, hatte Eva gesagt: zu viele Fragen! Er musste an einen anderen Ort, einen, der Herrn Dembrock unbekannt war. Und so hatte ich Eva von dem alten Haus jenseits der Autobahntrasse berichtet – von dem schiefen, alten Haus, das uns Schutz bieten würde.

»Du hast mir nie was davon erzählt!«, sagte Eva. Vorwurf und Enttäuschung lagen in diesem Satz, die Ahnung, dass ich nicht nur das schiefe Haus und seine Existenz verschwiegen hatte, sondern womöglich auch noch anderes vor ihr verbarg.

Es kam mir merkwürdig vor, dass die Fracht, die wir zogen, gleichfalls Georg hieß, so wie der nicht aus dem Krieg heimgekehrte Georg Hämmerlein. In einer Kurzversion hatte mir Eva alles erzählt: dass ihr Halbbruder Georg aus der ersten Ehe ihrer Mutter stammte und seit Geburt behindert war. Ihr Vater hatte ihn nur unter der Bedingung, dass er den Keller nicht verließe, im Hause geduldet, und es war Eva gewesen, die ihn gefüttert und gepflegt, ihn gebadet, ihm die Haare und die Nägel geschnitten hatte, seit sie acht Jahre alt war.

»Zehn Minuten, mehr nicht!«, lautete die Regel, die ihr Vater aufgestellt hatte, aber oft hatte sich Eva über sie hinweggesetzt und zu ihrem Halbbruder hinuntergeschlichen, hatte ihn gestreichelt und für ihn gesungen.

Ich war entsetzt, als ich von der Geschichte erfuhr.

Unnachgiebig brannte die Sonne, Schweiß lief mir in Strömen von der Stirn ins Gesicht, meine Pickel juckten fürchterlich. Bisweilen wurde der Fußweg so eng, dass Eva und ich nicht nebeneinander laufen konnten, so dass sie nach hinten schieben ging, während ich vorn keuchend an der Deichsel zog. Louis lief immer wieder schnüffelnd voraus, kehrte zu uns zurück, lief wieder voran.

Längst hatten wir die alte Ziegelei passiert, als Eva fragte: »Ist es noch weit?« Auch sie war am Ende ihrer Kräfte angelangt.

»Nein, jetzt kommt gleich der See.«

Als Eva ihn sah, versteifte sie sich.

»Ist das das Haus?«, fragte sie und deutete über das Wasser auf die andere Seite hinüber. »Sieht unheimlich aus.«

»Dafür findet es niemand. Es führt keine einzige Straße dorthin, nur dieser Weg.«

Zehn Minuten später starrte Eva auf den Kühlschrank, der im Vorgarten lag, und es war ihr deutlich anzusehen, wie sehr ihr die Umgebung missfiel.

»Warte kurz!«, wies ich sie an und ging leise ins Haus.

Einige Sekunden später war ich zurück und setzte Georg die Landsermütze mit dem Hakenkreuz auf.

»Was soll das?«, fragte mich Eva.

Ich erwiderte: »Lass mich nur machen, alles wird gut. Und erschrick nicht, wenn du Frau Hämmerlein siehst.«

»Frau Hämmerlein? Soll das heißen, es wohnt noch jemand in dieser Ruine?«

»Eine alte Frau. – Komm, hilf mir, Georg aus dem Wagen zu heben.«

Eva und ich legten uns je einen Arm ihres Bruders über die Schultern und schleppten ihn ins Haus. Er schien mir mindestens einhundert Kilo zu wiegen; Eva zufolge war er im April neunzehn geworden.

»Georg, bist du's?«, hörten wir Frau Hämmerleins Stimme aus der Küche rufen, und ich antwortete:

»*Ich* bin es, Frau Hämmerlein, und Ihren Sohn habe ich auch mitgebracht!«

An diesem Tag, endlich, regnete es.

23

Die größte Überraschung war nicht, dass Frau Hämmerlein gewillt war, in Georg *ihren* Georg zu sehen, oder dass Eva sich nach der ersten Begegnung an die verwirrte Alte gewöhnte, sondern dass ihr Bruder die Mumie im Schlafzimmer mochte. Glücklich umarmte er sie. Und ließ nicht von ihr ab. Als Eva und ich versuchten, ihn nach unten in die Küche zu schaffen, damit er, zum ersten Mal seit vielen Jahren, beim Essen gemeinsam mit anderen an einem Tisch sitzen konnte, begann er, gellend zu schreien.

»Wir werden ihm das Essen raufbringen müssen!«, sagte ich schließlich.

»Allein war er lange genug«, entgegnete Eva. »Nimm du die Mumie, ich bring' Georg nach unten.«

Entsetzt schaute ich auf den vertrockneten Leichnam. Hatte Eva tatsächlich verlangt, dass ich den toten Herrn Hämmerlein anfassen sollte? Und was würde Frau Hämmerlein sagen, wenn ich ihn nach unten in die Küche trug?

»Na, was ist? Mach schon!«, setzte Eva mir zu, und ich nahm all meinen Mut zusammen, schloss meine Augen und zog die Decke von Herrn Hämmerleins Körper.

»Kannst sie wieder aufmachen!«, hörte ich Eva. »Sieht gar nicht schlimm aus. Außerdem hat er einen Schlafanzug an.«

Ich öffnete gehorsam die Augen. Eva hatte recht. Außer dass die Haut ein dunkles Braun zeigte und wie nachgedunkeltes Pergamentpapier wirkte, barg der Anblick der Leiche nichts Erschreckendes. Immer noch lag das wie gefroren wirkende Lächeln auf dem Gesicht. Herr Hämmerlein war eingeschlafen und nicht mehr erwacht, und obwohl der Körper steif wie ein Brett war, stellte es keine Schwierigkeit dar, ihn aus dem Bett zu heben. Die Mumie war leichter, als ich es erwartet hatte. Kein Geruch ging von ihr aus.

Als ich Herrn Hämmerlein aufgerichtet hatte, erkannte ich auf dem Laken die Umrisse vertrockneter Flüssigkeiten, die nach dem Tod aus seinem Körper ausgetreten sein mussten. Sie bildeten eine dünne Kruste in einer undefinierbaren Farbe, aber auch diese Kruste roch nicht. Wie lange war der alte Mann schon tot? Es schienen Jahre zu sein.

Ich umfasste Herrn Hämmerlein an der Hüfte und trug ihn wie eine Schaufensterpuppe nach unten. Sofort begann Evas Bruder mit seinem Geschrei. Ihn wie ein Gepäckstück auf den Rücken tragend, stakste Eva Stufe für Stufe die steile Treppe hinab.

»Rauf trägst du ihn!«, sagte sie, als sie ihn endlich auf dem Küchensofa abgesetzt hatte. Direkt neben Georg lehnte Herr Hämmerlein steif an der Wand. Der altmodische Schlafanzug umschlotterte ihn. Evas Bruder ergriff Herrn Hämmerleins Hand und wirkte zufrieden.

Was in Frau Hämmerlein vorgehen mochte, wusste ich nicht. Sie schien den mumifizierten Leichnam ihres Mannes nicht zu registrieren, sondern wandte sich stattdessen an Georg.

»Nicht wahr? Du gehst nicht wieder fort? Jetzt bleibst du hier. Der Krieg ist ja aus«, und sie nahm umständlich neben Georg Platz und ergriff seine andere Hand.

In den folgenden Tagen machte sich Eva mit der Küche vertraut. Zwar gab es keine Milch, keine Eier oder frisches Gemüse, doch im Keller und in der Vorratskammer fanden sich Gläser mit Eingemachtem und verschiedenste Konserven, aus denen sie unsere Mahlzeiten zusammenstellte: Sauerkraut mit Corned Beef, Schweinefleisch mit Bohnen, Corned Beef mit eingekochten Rüben. Als ich frisches Wasser aus dem Brunnen holte, hatte ich Tomatenpflanzen mit fast reifen Früchten entdeckt, woraufhin Eva den Garten genauer untersuchte und auf ein Kartoffelbeet, auf Brombeer- und Stachelbeersträucher und das Spalier mit Bohnenranken stieß.

Vormittags schafften wir Georg und Herrn Hämmerlein in den Garten hinaus, ich kehrte ins Haus zurück und holte Frau Hämmerlein nach, und während sie zu dritt friedlich auf der verwitterten Holzbank vor dem Brunnen saßen, durchkämmten Eva und ich den Garten, pflückten Beeren und Pflaumen, gruben Kartoffeln aus und ernteten Bohnen. Durch das Küchenfenster drang Radiomusik: »Ein Bett im Kornfeld« von einem Sänger namens Jürgen Drews, es schien Georg sehr zu gefallen. Arhythmisch schaukelte er seinen Oberkörper und hielt auch hierbei Herrn Hämmerleins Hand. Jeweils morgens und abends wurde er von seiner Schwester gewaschen und gekämmt, und fünfmal am Tag wurde er von ihr zur Toilette geführt. Es war seltsam und fremd, Eva Dembrock, die blindwütig auf Rittmöller losgegangen war und Frau Scheitholz mit ihren Anwürfen so sehr aus der Fassung gebracht hatte, im Umgang mit ihrem Bruder nun so liebevoll und zärtlich zu sehen.

Und noch etwas geschah: Das Leben kehrte zu Frau Hämmerlein zurück, sie verschlief nicht mehr den halben Tag, und eines Morgens entdeckten wir sie, wie sie draußen im Garten an einem Holztisch mit ihren gichtkranken Fingern Bohnen schnitt und ein Lied dabei sang. Jung und mädchenhaft klang ihre Stimme, unvermutet kräftig und frisch.

»Wenn alle Brünnlein flie-ie-ßen,
dann muss man tri-in-ken …
Wenn ich mein Schatz nicht rufen darf,
tu' ich ihm wi-in-ken …«

An diesem Tag bereitete sie das Mittagessen zu, Bohnensuppe mit Kartoffeln und Kräutern, und es schmeckte ganz herrlich.

24

Was uns neu erscheint, scheint uns häufig auch gut. Der Garten erwies sich als ein Verbündeter, er nährte uns, er spendete Schatten und Kraft. Verschwenderisch schäumten die Blüten, große Käfer und kleine Zauneidechsen krabbelten und huschten herum, eine Blindschleiche ringelte sich. Libellen durchraumten wie Raketen die Luft, unter den von Früchten schweren Ästen der Pflaumenbäume tanzten, nicht müde werdend, die Mücken. Glücklich, gelebt zu haben, stürzten sich des Abends Fliegen in die Netze der Spinnen, und in der Nacht leuchteten festlich die Glühwürmchen auf. Das Brüten der Hitze schmerzte nicht mehr, sondern versah alles, was lebte, mit Willen und Glanz.

Im Keller hatte ich einen Spaten entdeckt, damit hob ich unterhalb der Apfelbäume eine kleine Grube aus und füllte sie mit Evas Hilfe mit Wasser. Wir legten die Mumie daneben und hievten Georg hinein. Vorsichtig untersuchte er das sich vom Lehm bald braun verfärbende Wasser und schlug mit seinen Händen darauf. Eva und ich streckten uns in das hoch wuchernde Gras und lauschten Frau Hämmerleins friedlichem Singen. Durch meine geschlossenen Lider schien weich und dämmrig das Licht, und wenn ich meine Augen öffnete und an uns herabsah, erblickte ich Evas von den Stiefeln befreite Füße, auf denen Ameisen liefen. Wir sprachen nur wenig. In stummem Einverständnis teilten wir uns die zu erledigenden Aufgaben zu. Was feindlich gewesen war, gab es nicht mehr. Nichts kostete Mühe, alles geschah.

Abends brachten Eva und ich zunächst Georg und die Mumie, anschließend Frau Hämmerlein zu Bett. Anfangs genügte es ihr, auf dem Sofa in der Küche zu schlafen, doch eines Nachts hörten wir sie die Treppe hinauftapsen, und als wir nachsehen gingen, öffnete sie gerade die Schlafzimmertür, und sie legte sich zu Georg und zu ihrem Mumienmann.

Schliefen die beiden, setzten Eva und ich uns manchmal an das Ufer des Sees, oder wir stellten hinten im Garten das Radio auf und hörten leise Musik. Ein Mann namens Mal Sondock moderierte die Sendung *Diskothek im WDR* und stellte in einem eigenartigen Deutsch neue Schallplatten und Interpreten vor. Manchmal jedoch stellte Eva das Radio aus und begann selber zu singen, englische Lieder von *Smokie* und anderen Künstlern, aber sie sang sie in einem Englisch, das es nicht gab, in einem Eva-Dembrock-Englisch, das mir in solchen Stunden als die schönste Sprache der Welt erschien, weil sie vertraut klang und gleichzeitig fremd. In diesen Augenblicken setzte eine noch unbekannte Wehmut mir zu, die davon berichtete, dass dieses Glück nicht dauerhaft sei.

Was mir fehlte, waren Bücher. Jene, die ich im schiefen Haus vorfand, gefielen mir nicht, Bücher, deren Titel »Vorstoß nach Afrika« oder »Gold gab ich für Eisen« lauteten, und so sagte ich Eva, dass ich am nächsten Tag zur Stadtbücherei aufbrechen würde.

»Ich schreibe dir auf, was du besorgen musst«, erwiderte sie. »Wir brauchen Milch und Butter, und du musst mir Tampons mitbringen.«

Tampons? Ich fragte nicht nach. Etwas anderes beschäftigte mich. Wovon sollte ich Milch, Butter und die Tampons bezahlen?

Da sagte Eva: »Du wirst Geld brauchen. Komm mit!«, und sie lief in das niedrige Wohnzimmer, öffnete den großen, dunkelbraunen Schrank und nahm eine Zigarrenkiste heraus. Als Eva sie geöffnet hatte, fiel mein Blick auf ein dickes Bündel Geldscheine, Fünfziger- und Hunderter-Noten.

»Wieviel ist das?«, fragte ich verblüfft.

»Fast fünftausend Mark«, antwortete Eva. »Wir brauchen uns keine Sorgen zu machen.«

»Aber das Geld gehört Frau Hämmerlein!«, wehrte ich ab.

»Wahrscheinlich weiß sie gar nichts davon«, entgegnete Eva. »Bestimmt hat sie's vergessen. Und außerdem sind die Einkäufe ja nicht nur für uns.«

25

Eva hatte mir eine Liste gemacht, auf der ganz unten auch »Pickelcreme« stand. Ich hatte kaum noch an meine Pickel gedacht. Wie mit der Hitze, die seit Wochen ganz Europa heimsuchte, hatte ich mich mit ihnen abgefunden. Nun begannen sie wieder zu brennen. Deutlich riefen sie mir in Erinnerung, dass ich entstellt war, nicht würdig, zurückgeliebt zu werden von Eva. Ich war nur ein dicker Kretin.

Oberhalb der Pickelcreme standen Wörter wie Zahncreme, Schokoladenpulver, Mehl, Zucker, Waschpulver, Radiobatterien, Hundefutter, Aufschnitt und Brot. Ich durchquerte die Autobahnunterführung, betrat den Wedheider Forst und gelangte schließlich in unsere alte Siedlung, wo ich an der Haltestelle auf den Bus wartete, der mich zur Bücherei in der Innenstadt brachte. Es war seltsam, wieder andere, mir fremde Menschen zu sehen, in eine Welt zurückzukehren, die ich verschwunden und aufgelöst glaubte. Mir war, als wäre sie erst in dem Augenblick wiedererstanden, als ich sie, aus der Unterführung kommend, betrat. Doch was ging sie mich an? Ich war nur ein Besucher, ich lebte nicht mehr in ihr, war Teil eines anderen Universums geworden, dessen Regeln mildere, sanftere waren.

Auch in der Bücherei blieb ich nicht von der Hitze dieses Sommers verschont. Staub tanzte in der trockenen Luft, grell und unbarmherzig stürzten sich die Strahlen der Sonne durch das trübe Fensterglas. Ich entschied mich für einen Novellenband von Maupassant, für den Roman »Adrian, der Tulpendieb« von Otto Rombach und das Buch »Die Grasharfe« von Truman Capote. Einer Eingebung folgend suchte ich noch ein Bilderbuch für Georg heraus, »Der Bauer und die Bachjungfrau«. Ich ließ die Bücher registrieren, reichte der Bibliothekarin meine Büchereikarte und eilte davon.

Wie Nadeln stachen die Sonnenstrahlen auf dem großen Platz in mein Gesicht, das schmutzige T-Shirt klebte wie ein feuchter Lappen auf meiner Haut. Vom Turm der St.-Michaels-Kirche läutete es drei Uhr, unter den Sitzbänken, die den beinahe menschenleeren Platz wie Skelette fremdartiger, tierähnlicher Wesen flankierten, waren die Tauben müde in sich zusammengesackt, und plötzlich dachte ich an meine Mutter und an meinen Vater sowie daran, wie anders alles noch vor wenigen Wochen gewesen war, als nicht die Dembrocks, sondern die Kubeckis neben uns wohnten und mein Bruder noch am Leben war.

Mit dem Bus fuhr ich in unsere Siedlung zurück und begab mich zum Edeka-Laden.

Eine Zeitlang blieb ich vor dem Kühlregal stehen und genoss den kalten Lufthauch, der mich frösteln ließ. Als meine Haut genügend Kühle aufgesogen hatte, setzte ich meine Wanderung durch die Warenregallandschaft fort. Neben den Dingen, die sich auf der Einkaufsliste befanden, legte ich auch eine Schachtel Pralinen für Frau Hämmerlein, Seifenblasen für Georg und eine Schachtel Zigaretten für Eva in den Wagen. Beim Kontrollieren der Liste stellte ich fest, dass ich die Pickelcreme vergessen hatte sowie noch etwas, das in etwas kleinerer Schrift nachträglich hinzugefügt worden war: Nagellack. Ich suchte beides aus den Regalen und legte es zu den anderen Artikeln, ehe ich mich zur Kasse begab, bezahlte und alles in drei großen Plastiktüten verstaute.

Als ich den Laden schließlich verließ, erblickte ich Raul, der auf seinem Mofa saß, heruntersprang und auf mich zu gerannt kam. Mit meinen vollen Einkaufstüten hatte ich keine Chance zu entkommen. Schon hatte er mich hinten am T-Shirt gefasst.

Er schüttelte mich.

»Wo ist *sie*?«, fragte er.

Es hätte keinen Sinn gehabt, die Antwort zu verweigern oder ihn zu belügen. So erwiderte ich nur: »Hier, hilf mir!«, reichte ihm eine der Tüten und fügte hinzu: »Ich bringe dich hin!«

Raul hängte die Tüten an den Lenker seines Mofas, ich nahm hinter ihm Platz. Kurze Zeit, nachdem wir die Autobahnunterführung hinter uns gelassen hatten, gab es jedoch kein Fortkommen mehr, der Weg wurde zu holprig und eng, Zweige schlugen Raul ins Gesicht. Auf Höhe der alten Ziegelei stoppte er das Mofa, und wir gingen zu Fuß. Ich nutzte die Gelegenheit, Raul nach meinen Eltern zu fragen. Wie ging es meiner Mutter?

»Weiß nicht. Ist nie wieder rübergekommen«, erklärte er mir. »Scheint, sie hält es mit meinem Alten gut aus.«

»Und du, deine Mutter und Trixi – ihr wohnt noch immer bei uns?«

»Tun wir. Und dein Vater ist auch immer noch da.« Er schwieg einen Augenblick und fügte schließlich hinzu: »Dein Alter ist übrigens ziemlich schräg drauf.«

»Wieso? Was macht er?«, wollte ich wissen.

»Zerschmeißt Geschirr.«

»Geschirr?«

»Genau genommen nicht alles, sondern immer nur einen Teller. Er wirft ihn auf den Boden, und dann sammelt er die Scherben auf, setzt sich an die Werkbank und klebt sie wieder zusammen. Und wenn er fertig ist, schmeißt er den Teller wieder auf den Boden, und das ganze Spiel beginnt von vorn. Kaputtwerfen, zusammenkleben, wieder kaputtwerfen. – Wie ich schon sagte: Er ist ziemlich schräg drauf.«

26

Du hättest nicht herkommen sollen!«, sagte Eva zu ihrem Bruder, als er im Garten erschien.

»Dann hätte Pickelchen woanders einkaufen müssen«, erwiderte Raul und schaute sich um. »Ich wusste nicht, wo du steckst und wie es dir geht. Und plötzlich kommt Kraterfresse aus dem Laden und glotzt mich an wie ein Bus. – Was hättest du an meiner Stelle gemacht?«

Er hielt inne, denn er hatte Georg in der Wasserkuhle entdeckt, Georg, der fröhlich grinste und die Hand von Herrn Hämmerlein hielt.

Rauls Stimme schnellte in die Höhe.

»Was zum Teufel ist das für'n Ding? Sieht aus wie `ne vergammelte Schaufensterpuppe ...!«

»Das ist nur Herr Hämmerlein«, klärte Eva ihn auf, »Georgs neuer Freund.«

Zögernd ging Raul auf die Wassergrube zu. Als er bis auf etwa einen Meter herangekommen war, ließ er sich auf die Knie fallen und stöhnte: »Oh, Gott! Das Ding ist 'ne Leiche, habe ich Recht?«

»Sag nicht Leiche zu ihm!«, wies Eva ihn an. »Wenn dich Frau Hämmerlein hört!«

»Frau Hämmerlein? – Heißt das, hier gibt es noch so ein Ding? Eins, das noch lebt?«

Entsetzt schaute Evas Bruder uns an.

»Frau Hämmerlein gehört das Haus und der Garten«, erläuterte ich. »Sie ist wahrscheinlich in der Küche und hält ihren Nachmittagsschlaf.«

Eva fügte hinzu: »Er ist mumifiziert. Wir wissen nicht, ob Frau Hämmerlein weiß, dass er tot ist. Sie ist schon ein wenig verwirrt.«

»Und Georg hält sie für ihren im Krieg verschollenen Sohn«, sagte ich. »Zumindest sieht es so aus.«

» Jedenfalls hat sie nichts dagegen, dass wir hier wohnen«, schloss Eva die Erläuterungen ab. »Du wirst nett sein zu ihr, hast du gehört? – Und jetzt hilf Frank, Georg raus zu holen. Wenn er noch länger da im Wasser hockt, schrumpelt er ein.«

»Und du zieh dir deine Stiefel an!«, wies Raul sie zurecht. »Du weißt, ich mag's nicht, wenn du ohne sie rumläufst.«

»Du hast mir gar nichts zu sagen!«, entgegnete Eva sehr ruhig. »Niemand hat mir je wieder etwas zu sagen. Gewöhn dich daran!«

An diesem Abend feierten wir im schiefen Haus ein Fest. Frau Hämmerlein schien keine Einwände gegen Rauls Anwesenheit zu haben, vielleicht ignorierte sie ihn. Am frühen Abend hatte ich ihr die Schachtel Pralinen gegeben und gesagt: »Die soll ich Ihnen von Georg geben!«, und sie hatte mit ihren tränenden Augen auf die Schachtel geblickt und erwidert: »Georg? Wer ist das? Wohnt der nun auch hier im Haus?«

Anschließend hatte Eva sie gebeten, Kartoffelsalat zu machen, und Frau Hämmerlein hatte genickt, den Herd befeuert und die Kartoffeln aufgesetzt, während Eva in den Schränken nach einer weißen Tischdecke suchte.

Raul wechselte die Radiobatterien und stellte auf Evas Anweisung hin einen Sender ein, der Musik spielte, wie sie in Frau Hämmerleins Jugend populär gewesen sein musste, denn bei einigen Liedern sang sie gutgelaunt mit.

Unterdessen deckte Eva im Wohnzimmer den Tisch, und bevor wir uns setzten, wurde das alte Grammophon in Betrieb genommen, was Frau Hämmerlein besonders zu gefallen schien.

Die Schallplatten, die wir vorfanden, sagten uns nichts. Sie mussten mit 78 Umdrehungen pro Minute abgespielt werden; mein Plattenspieler zu Hause schaffte nur 45 oder 33 Umdrehungen, für Singles oder LPs. Wir hörten Lieder aus der Operette »Das Schwarzwaldmädel«, aus dem »Zigeunerbaron« und die schwermütige Stimme von Zarah Leander, einer Sängerin, die ich aus alten Schwarzweißfilmen kannte.

Nach dem Essen verschwand Eva kurz, ich räumte den Tisch ab, und als sie wiederkehrte, schaute sie mich an und blickte auf ihre nackten Füße hinab. Dort, wo sich ihre Zehen hätten befinden müssen, hatte sie mit dem Nagellack aus dem Edeka-Laden Nagelkonturen aufgemalt, und im gedämpften Licht, das die Kerzen uns spendeten, sah es beinahe so aus, als habe sie Zehen.

»Gefällt es dir?«, fragte sie mich.

»Was soll ihm gefallen?«, hakte Frau Hämmerlein nach, Raul aber sprang auf und lief in den Garten hinaus.

»Es sieht schön aus«, antwortete ich.

»Gut, dann wollen wir jetzt tanzen.«

Die Musik klang altmodisch und rau, doch es war mir egal, denn ich hielt Eva umfasst, und wir drehten uns langsam im Kreis, und Georg auf seinem Stuhl gluckste zufrieden und schaukelte vor und zurück; Frau Hämmerlein erhob sich vom Sofa und fing an, sich mitsummend ebenfalls im Kreise zu drehen, und als der Tanz zu Ende ging, sagte Eva: »Bin gleich wieder da!« und lief zu Raul in den Garten, ich aber stand da, verwirrt und verlegen, und starrte auf Georg, an dessen Stuhl Herr Hämmerlein lehnte, und als das Grammophon ein weiteres Lied zu spielen begann, verbeugte ich mich vor Frau Hämmerlein, sie machte einen Knicks, der gespielt scheu und jungmädchenhaft wirkte, und wir tanzten und drehten uns, während Herr Hämmerlein zusah und lächelte, als sei er am Leben.

Eva kehrte zurück, sie hatte eine Flasche Wein aus dem Keller geholt, und Raul war bei ihr, und ich blickte an ihm vorbei, glücklich und eifersüchtig zugleich, und wenngleich ich auch wusste, dass es ihm verboten war, Eva zu lieben, spürte ich doch, dass ein Teil von ihr seine Regungen zu erwidern bereit war, und es zerriss mir trotz aller Seligkeit, die mich erfüllte, das Herz.

Frau Hämmerlein ging zum Schrank und deutete auf Weingläser, die sich darin befanden, ich nahm sie heraus. Raul öffnete die Flasche und reichte sie Eva, die die Gläser daraufhin füllte, auch Georg bekam einen Schluck. Der Wein war dunkel und süß, und Eva tanzte zuerst mit mir und dann mit Raul, und Frau Hämmerlein, vergnügt geworden und seltsam verjüngt, ergriff meine Hand, und zu viert wiegten wir uns zu der Musik, die uns umschmiegte wie eine Decke, Gefühle auflodern und ausbrennen und wieder aufflammen ließ. Wieder wurden die Gläser gefüllt, wieder getanzt, außer diesem Zimmer existierte nichts mehr, und der Mumienmann lächelte, als freute er sich, uns alle so ausgelassen und wie verwunschen zu sehen, und er lächelte noch, als Frau Hämmerleins Herz, während sie mit mir tanzte, zu schlagen aufhörte und sie aus meinen Armen auf den Boden sank, um dorthin zu gehen, wo ihr Mann seit so langem schon war.

In dieser Nacht folgte Eva ihrem Bruder ein zweites Mal in den Garten hinaus. Erst als die Sonne aufging, kam sie zurück. Über Nacht war ich dreizehn geworden. Für Rittmöller und die anderen würde morgen die Schule wieder beginnen.

27

Raul wollte uns helfen, Frau Hämmerlein im Garten zu begraben, doch es gab ein Problem. Sollten wir die Mumie ihres Mannes mit ihr begraben? Ich war dafür, damit beide im Tod wieder vereint wären, und auch Eva schloss sich dieser Auffassung grundsätzlich an. Doch Georg schrie wie am Spieß, sobald wir versuchten, ihn von Herrn Hämmerlein zu trennen; er knurrte und trat mit den Füßen nach uns. So beschlossen wir, bis zur Nacht zu warten, wenn Georg eingeschlafen sein würde, derweil Raul unter einem Pflaumenbaum eine Grube aushob, groß genug, um beide Eheleute darin bestatten zu können.

Eva beschriftete ein Kuchenblech mit den Namen der Verstorbenen; es sollte als Grabstein fungieren. Als Farbe diente ihr der rote Nagellack. *Herr und Käthe Hämmerlein* malte sie, weil wir Herrn Hämmerleins Vornamen nicht kannten, auf das Kuchenblech, und ich wunderte mich, mit welcher Sorgfalt sie die Buchstaben formte. Unterdessen ertönten Rauls Flüche vom Pflaumenbaum zu uns herüber. Er schwitzte und kämpfte mit dem Wurzelwerk und der trockenen Erde.

Erst am frühen Abend hatte er ein etwa anderthalb Meter tiefes und zwei Meter breites Grab ausgehoben, und zu dritt trugen wir Frau Hämmerlein aus dem Haus und legten sie mit Vorsicht hinein. Raul bedeckte sie mit Erde und verabschiedete sich. Eva begleitete ihn noch ein Stückweit um den See, und als sie wiederkehrte, blickte sie düster und ernst. Worüber hatten sie und ihr Bruder gesprochen? Dass es nur eine Frage der Zeit sein würde, bis man uns hier im schiefen Haus entdeckte? Ich verdrängte den Gedanken daran.

Eva ging in den Keller und kehrte mit einer Flasche Wein in die Küche zurück.

»Besser, wir geben ihm die hier zu trinken. Damit er nicht aufwacht, wenn wir Herrn Hämmerlein holen.«

Im Licht der Kerzen flößten wir Georg den Wein ein, er sträubte sich nicht. Schließlich machte ihn Eva für die Nacht bereit. Als er im Bett lag, gingen wir in den Garten, setzten uns am Brunnen ins Gras und blickten in den sternklaren Himmel hinauf.

»Glaubst du, dass es außer uns noch andere Wesen gibt, auf anderen Planeten?«, fragte mich Eva. »Wesen, die intelligenter und glücklicher sind?«

»Wieso? Bist du nicht glücklich?«

»Nein. Und du auch nicht.«

»Woher willst du das wissen?«

»Weil Menschen niemals glücklich sind. Und wenn doch, dann wissen sie es immer erst später, wenn das Glück schon wieder vorbei ist. Und das ist dann überhaupt das größte Unglück: dass man spürt, man ist es einmal gewesen, nur als man es war, hat man es gar nicht gemerkt.«

»Ich bin glücklich«, entgegnete ich. »Jetzt, in diesem Moment.«

»Du bist nicht glücklich, du bist genügsam. Du bist schon froh, wenn du nicht in der Pissrinne liegst.«

»Sei nicht so gemein zu mir.«

»Warum nicht? Außerdem musst du's ja nicht ernstnehmen, wenn ich was sage. Was andere sagen, ist sowieso meistens nur blöd.«

»Auch wenn ich irgendwas sage?«

Im Mondlicht sah ich, wie sie den Kopf zu mir drehte und ein Grinsen auf ihren Lippen erschien.

»Ganz besonders sogar.«

»Und wenn ich dir erzähl', dass ich heute Geburtstag hatte, bist du dann netter zu mir?«

»Du hast heute Geburtstag gehabt?«

Ich nickte.

»Pech!«, erwiderte sie. »Hätte ich das früher gewusst, hättest du dir etwas wünschen dürfen. Jetzt ist es leider zu spät.«

»Was hätte ich mir denn wünschen dürfen?«, wollte ich wissen.

»Na, was denn wohl? Dass ich dich küsse zum Beispiel.«

Ich spürte, wie mir die Röte ins Gesicht stieg. Gleichzeitig war ich betrübt. Hätte Eva mich wirklich geküsst, oder neckte sie mich?

Es blieb keine Zeit, mir darüber Gedanken zu machen.

Eva sagte: »Komm, wir sehen nach, ob Georg schon schläft.«

Es bereitete keine Schwierigkeiten, Herrn Hämmerlein aus Georgs Umarmung zu befreien. Georg schlief tief und fest, er bemerkte unseren Diebstahl nicht. So leise wie möglich trugen wir die Mumie die Treppe hinunter und in den nächtlichen Garten hinaus. Ab und zu rauschte ein leichter, träger Wind durch die Zweige der Bäume. Wir legten die Mumie in die freigelassene Stelle des Grabs.

»Los, du musst irgendwas sagen«, forderte Eva mich auf.

»Aus Erde sind wir gemacht, zu Erde werden wir wieder«, rezitierte ich leise, etwas Passenderes fiel mir nicht ein.

Eva kicherte.

»Aber er ist doch mumifiziert. Und Mumien werden nicht wieder zu Erde. Außerdem sind Menschen überhaupt nicht aus Erde gemacht.«

»Dann sag du irgendwas«, entgegnete ich.

»Okay«, sagte Eva. »Hiermit übergeben wir die sterblichen Überreste des Herrn Hämmerlein seinem Grab. Möge der Tod ein Freund für ihn sein und ihn und seine Frau wieder vereinen. Amen.«

Und in diesem Augenblick erkannte ich, dass es Menschen gibt, die den Tod fürchten, und andere, die in ihm die Möglichkeit sehen, das Leben in seine Schranken zu weisen. Der Tod hilft ihnen, sich dem Diktat der Natur zu erwehren, das fortwährende Keimen, Blühen und Fruchten ertragen zu lernen. Nicht ihn begreifen sie als Dogma, sondern das Leben. Jeder Atemzug eine Bestrafung, ein Befehl, an deren Sinn sie nicht glauben. Denn was ist schon das Leben? Eine Kette von Irrtümern! Ein billiger Trick, der davon ablenken soll, nach etwas Größerem zu suchen, nach etwas, das konkreter und wahrhaftiger ist.

Man kommt auf die Welt und wird mit Benzin übergossen. Sie zünden es an und nennen es *leben*. Man besitzt keinerlei Chance. Männer brechen einem die Nase und Frauen das Herz. Oder man kauft eine Zugfahrkarte, und der Zug bricht aus den Schienen. Ein Lkw überfährt einen beim Überqueren der Straße. Man erkrankt an Leukämie, Darmkrebs oder an Melancholie. Um uns dagegen zu wappnen, sehnen wir uns verzweifelt nach Liebe, ohne zu ahnen, dass sie einem Kleidungsstück gleicht, das uns nicht passt. Sie macht uns unfrei, diese Sehnsucht nach Liebe, und verunziert, wo sie keine Erwiderung findet, unsere Seele, unser Gemüt. Und dann kommt der Tod, demokratisch und rein. Er sagt: »Sieh her! Das Leben hat keine Macht über dich! Dein Leiden hat keine Macht über dich!«

Als ich jünger war, sah ich den anderen beim Fangenspiel zu. Der umpflasterte Baum in der Mitte des Schulhofs war Freio. Wer es bis dorthin schaffte, der war tabu. So ist der Tod. So sah Eva den Tod. Und ich bedeckte Herrn Hämmerlein mit Erde und verstand nun das Lächeln auf seinem Gesicht. Sterblich zu sein war ein Gewinn.

Eva steckte das Kuchenblech aufrecht in die trockene Erde, richtete sich auf und ging wortlos ins Haus. Ich wartete einige Zeit und folgte ihr schließlich, um die roten Gummistiefel zu holen. Im Schein des Mondlichts vergrub ich auch sie.

28

Es war bereits Mittag, Georg schrie und heulte seit vollen vier Stunden. Kaum erwacht, hatte seine Raserei begonnen. Es war unmöglich, ihn aus dem Bett zu heben, anzukleiden, ihm sein Frühstück zu geben.

»Pupe, Pupe!«, gellte er, und es war schrecklich, die Größe seines Verlusts zu erkennen.

»Irgendwann ist er erschöpft, bis dahin müssen wir sein Geschreie ertragen«, erklärte Eva, doch ich sah, wie sehr es sie innerlich zu zerreißen schien, ihren Bruder leiden zu sehen.

Gegen Nachmittag schrie er noch immer. Ich schaute zu Eva und ging in den Garten, griff nach dem Spaten, grub Herrn Hämmerlein aus und säuberte ihn. Als ich ihn hereingetragen hatte, verstummte Georg sofort. Glücklich schloss er die Mumie in seine Arme. Von Eva bekam ich ein Lächeln geschenkt.

»Vielleicht ist es ihm nicht bestimmt, in der Erde zu liegen«, sagte ich, froh, dass Georgs an den Nerven zerrendes Geschrei aufgehört hatte.

»Danke«, erwiderte Eva.

Wir brachten ihren erschöpften Bruder samt Mumie

zu Bett. Tiefer Frieden erfüllte das Haus. Eva ging ins Wohnzimmer und begann, Schubladen und Schränke zu untersuchen.

»Was tust du?«, fragte ich sie.

»Ich will wissen, wie unsere Mumie mit Vornamen heißt. Irgendwo müssen doch Dokumente oder so etwas sein.«

Was wir fanden, war ein Beamtenausweis der Reichspost, in dem sein Name als Richard Eugen Hämmerlein verzeichnet war. Aber wir fanden noch mehr, einen Stapel Feldpostbriefe, die der verschollene Georg Hämmerlein seiner Mutter geschickt hatte. Allerdings trugen die Kuverts als Adressat nicht den Namen Käthe Hämmerlein, sondern *»Frau Käthe Mürlitz«*. Wir mutmaßten, was dies zu bedeuten habe, und kamen zu dem Schluss, dass Frau Hämmerlein ein zweites Mal geheiratet hatte, dass also Georg ihr Sohn aus erster Ehe gewesen sein musste. In einem der Briefe berichtete er, es ginge ihm gut, dank des Zuspruchs eines Kameraden sei er einer Verpflegungseinheit zugeteilt worden, gute zwanzig Kilometer von der Frontlinie entfernt, er müsse weder hungern noch frieren, folglich bestünde keinerlei Grund, sich Sorgen um ihn zu machen, ihm fehle es an nichts.

Eine weitere Entdeckung machten wir, als wir eine der Schubladen genauer durchsuchten. Ganz unten, von Pfeifen und -zubehör verdeckt, fanden wir einen großen Umschlag, der mehrere beschriebene Seiten enthielt.

»Liebe Käthe« , so las ich,

»wenn Du diese Zeilen liest, bin ich nicht mehr, aber Du darfst deshalb nicht traurig sein. Denn lasse Dir sagen, daß

ich an Deiner Seite alle Tage stets nur glücklich war und mich das Leben reich beschenkt hat, indem es verfügte, Dir begegnen und Dein Mann werden zu dürfen. Ich darf wohl sagen, daß ich immer gut zu Dir gewesen bin und Dir keinen Anlass gab, unzufrieden mit mir zu sein oder an meiner Liebe zu zweifeln. Vom ersten Augenblick an war ich in Dich verliebt und werde es auch in der Stunde meines Todes noch sein.

Gut und treu bin ich Dir gewesen, aber da ist eines, das Dir mitzuteilen ich mich nie hab' überwinden können, weil ich fürchtete, Du würdest mir Deine Liebe entziehen, wenn Du die Wahrheit erführest. Selbst jetzt, da ich diese Zeilen schreibe, bin ich mir nicht sicher, ob es nicht besser wäre, diese Wahrheit für mich zu behalten, um Dich nicht gänzlich einsam zu machen. Doch empfinde ich zugleich, daß Du ein Anrecht auf die Wahrheit besitzt und es mir nicht zusteht, sie Dir noch länger vorzuenthalten, selbst wenn ich weiß, daß sie für Dich, liebste Käthe, sehr schmerzlich sein wird. Bisweilen nämlich ist die Wahrheit die Feindin des Glücks, insbesondere wenn sie die Hoffnung eines geliebten Menschen zerstört, und so überlasse ich es einer höheren Macht, ob Du diesen Brief findest oder diese Zeilen ungelesen bleiben.

Um Dir mitzuteilen, was ich in all den vielen gemeinsam und glücklich verbrachten Jahren Dir zu sagen mich scheute, gehe ich noch einmal zum Augenblick unserer ersten Begegnung zurück, in das Jahr 1941, als ich auf Geheiß meiner Dienststelle zu meinem, wie ich fälschlicherweise noch glaubte, Unglück von Brilon hierher versetzt worden war. So entsetzlich traurig und bestürzt war ich über diese

Versetzung gewesen und mußte doch froh sein, nicht trotz meines Leidens in den Krieg geschickt worden zu sein. Mein tauber Arm – wie oft hatte ich ihn verflucht, wie oft mit Wut an jenen Arzt gedacht, der ihn mir nach meinem schweren Sturz nicht ordentlich zusammengeflickt hatte! Nun bewahrte er mich vor dem Einsatz an der Front. Ich hätte also glücklich sein sollen, war es aber nicht, denn jetzt, wo ich hier meinen Dienst tun musste, waren meine Mutter und meine Schwester ja ganz allein auf dem Hof, wie sollte das gehen? Alles änderte sich jedoch, als ich auf meiner Zustellroute Dir begegnete. Wie hell Deine Augen leuchteten, als ich Dir den Brief von Klaus überreichte. Ich verliebte mich sofort und blieb verliebt in Dich, auch als ich aufgrund der Dir zugestellten Briefe schon wußte, dass Du die Frau eines anderen warst, der sich, genau wie Deine Söhne Klaus und Benno, an der Ostfront befand. Nur Georg, Dein Jüngster, war noch bei Dir.

Jeden Morgen, wenn ich die Post für meine Route sortierte, schaute ich zunächst, ob auch etwas für Dich dabei war, um einen Grund zu haben, Dich wiederzusehen. Und eines Morgens fand ich zwar einen Brief, der an Dich adressiert war, aber ich jubelte nicht. Anhand des Umschlags wußte ich bereits, was er enthielt: die amtliche Mitteilung, daß entweder Dein Mann oder einer Deiner Söhne gefallen sein mußte. Und er war nicht der letzte seiner Art, den ich Dir (und nicht nur Dir) zu überbringen hatte, zwei weitere Male sah ich das Leuchten Deiner Augen ersterben, und so war Dir nur noch Georg, das Nesthäkchen, geblieben, Klaus und Benno und Dein Mann waren tot.

Doch auch Georg ließen sie Dir nicht. Ich selbst brach-

te den Einberufungsbescheid, erst achtzehn ist er gewesen. Von nun an warst Du in dem großen Haus allein, eine Witwe, der man ihr letztes Glück genommen hatte und die von neuem bangen musste. Deine Augen leuchteten nur noch dann, wenn Feldpost von ihm Dich erreichte. An diesen Tagen bin auch ich selig gewesen, und ich küsste die Briefe, die Dein Sohn Dir schickte, und hoffte, daß sie Gutes enthielten.

Liebe Käthe, Dein Glück war auch das meine. Warst Du bekümmert, so bin auch ich es gewesen. Was also sollte ich tun, als ich eines Morgens beim Sortieren der Post jenen an Dich gerichteten Brief mit dem Wappen des Reichskriegsamtes entdeckte? Sollte ich Dir die Nachricht vom Tode Georgs überbringen und Dich damit Deiner allerletzten Hoffnung berauben? Nein, das konnte ich nicht. Ich steckte den Brief in meine Jackentasche und trug ihn dieses eine Mal schweren Herzens nicht zu Dir.

In der Nacht traf ich eine Entscheidung: Du würdest weiterhin Post von Georg erhalten! Solange Du Briefe von ihm erhieltest, solange wäre Georg nicht tot! Und was ich brauchte, fand ich kurz darauf in einem an Dich adressierten Paket, mit welchem Dir seine persönlichen Gegenstände zugesandt wurden, darunter auch ein letzter Brief von ihm an Dich.

Nach Dienstschluß setzte ich mich in meinem Zimmer an den Tisch und lernte mit Hilfe dieses Briefes seine Handschrift, seinen Tonfall nachzuahmen, und ich stellte mich bald sehr geschickt darin an, so daß ich es wagte, den ersten der gefälschten Briefe zu verfassen, dessen Umschlag ich während der Dienstzeit, als niemand mich sah, mit dem Stempel als Feldpost kenntlich machte. Doch es brauchte fünf weitere Tage, ehe ich den Mut fand, Dir diesen Brief zu übergeben. Denn von nun an, so wußte ich, gab es kein Zurück mehr für mich. Bald war mir das Lügen und Fälschen zur Gewohnheit geworden. Jedesmal leuchteten Deine Augen, wenn ich Dir einen seiner vermeintlichen Briefe zustellte, und immer rührte sich, nachdem ich Dich verließ, mein Gewissen, welches mir sagte, daß auch Liebe mein Handeln nicht rechtfertigen konnte. Hätte ich nur geahnt, was ich Dir, obgleich ich es gutgemeint hatte, mit meiner Lüge antun würde! Denn der Krieg ging zu Ende – ich konnte die Lüge nicht fortspinnen, Dir keine weiteren Georgbriefe mehr schreiben. So warst und bliebst Du im Ungewissen über ihn, hofftest auf seine baldige Heimkehr, doch Georg kehrte nicht heim.

Im Sommer 1945 bat ich Dich um Deine Hand, bald darauf heirateten wir. Heimlich vergrub ich das Paket mit Georgs persönlichen Dingen, gefangen im Gespinst meiner Lügen, im Garten. Wie hättest Du reagiert, hätte ich Dir schon damals die Wahrheit gesagt, Dir meine Schuld offenbart? Denn bitte erinnere Dich: Kein Tag verging, an dem Du nicht an ihn dachtest. Selbst Jahre später glaubtest Du, dass Georg noch lebt, irgendwo auf der Welt, und daß es ihm aus Dir unbekannten Gründen unmöglich sei, Dir Nachricht zu geben. Doch je mehr Tage, Wochen und Monate vergingen, desto weher ward mir ums Herz, Dich hoffen zu sehen und zu wissen, daß Deine Hoffnung unerfüllt bliebe.

Ich empfand, was ich getan hatte, als Verrat, als Verhöhnung Deiner Mutterliebe und als Befleckung meiner Liebe zu Dir. Und je mehr Zeit verstrich, desto geringer mein Mut, die Täuschung einzugestehen. Manchmal redete ich mir ein, ich hätte richtig gehandelt. Zu anderen Zeiten kam es mir vor, als lebe Georg tatsächlich irgendwo auf der Welt, und je mehr Zeit verging, um so unwirklicher wollte mir alles erscheinen. Ich sagte mir: Damals war Krieg, andere haben größere Schuld auf sich geladen. Demjenigen jedoch, der Schuld auf sich geladen hat, soviel weiß ich inzwischen, kann diese soviel wiegen wie eine Schuld, die in den Augen der Welt eine größere ist.

Liebste Käthe, geliebte Frau! Es steht mir nicht an, Dich um Verzeihung oder Vergebung zu bitten. Worum ich Dich bitte, wenn Du diese Zeilen liest, ist, mir zu glauben, daß trotz dieser Lüge meine Liebe zu Dir aufrichtig war. Nun, da ich nicht mehr bin, bist Du ganz allein auf Dich gestellt, nicht mal, dass unversehens Georg zurückkommen könnte, bleibt Dir nun noch.

Dein Dich innigst liebender Richard«

»Geschieht ihm recht, nicht bei ihr zu liegen, diesem miesen Schwein!«, sagte Eva, als ich geendet hatte. »Wer jemanden wirklich liebt, lügt den anderen nicht an.«

Ich sah ihren Zorn und widersprach nicht. Insgeheim aber dachte ich, wie es Herr Hämmerlein in seinem Brief ausgedrückt hatte: Was nutzt die Wahrheit, wenn sie unglücklich macht? Denn die Wahrheit war: Mein Bruder war tot. Die Wahrheit war: Meine Eltern waren nicht mehr zusammen. Die Wahrheit war: Eva liebte mich nicht.

29

Kleines und Großes geschah. Der offene Bürgerkrieg in Angola wurde für beendet erklärt, der versteckte Buschkrieg ging jedoch weiter. Die beliebtesten Vornamen waren Nicole, Sandra, Stefanie, Christian, Stefan und Jan, nichts ging über Bärenmarke, und in unregelmäßigen Abständen besuchte uns Raul, er hatte Matchbox-Autos für Georg dabei. Die Arbeitslosenquote betrug 4,6 Prozent, und der Nachrichtensprecher im Radio sagte, Chinas Führer Mao Tse-Tung wäre gestorben.

Am 10. September fragte Eva nach ihren Stiefeln, und über Zagreb kollidierten zwei Passagiermaschinen in der Luft, eine Douglas DC-9 und eine Hawker Siddeley. Bei der Kollision starben einhundertsechsundsiebzig Menschen, darunter siebenundzwanzig Deutsche, und als ich Eva mitteilte, dass ich ihre Stiefel mitbeerdigt hatte, lächelte sie.

»Irgendwann werde ich sie wieder anziehen müssen. Also grab sie besser schon aus.«

Am 19. September wurde der schweizerische Schriftsteller Max Frisch mit dem Friedenspreis des Deutschen Buchhandels ausgezeichnet, die britische Gruppe *Sailor* hatte mit »Girls, Girls, Girls« einen Hit, und als ich bei uns schellte, öffnete mir ein Fremder die Tür.

»Ja, bitte?«, fragte er, und ich sagte ihm, dass ich Frank Adam sei, was unsinnig war, denn auf dem Namensschild an der Tür stand nicht mehr Adam, sondern Dembrock und Ahlbrecht, also fügte ich hinzu, ich würde gern Frau Dembrock sprechen, und der fremde Mann ließ mich hinein. Er wirkte gepflegt und trug ein sauberes Hemd mit Krawatte, und noch größer war meine Überraschung, als ich im Wohnzimmer auf Frau Dembrock traf, denn sie war nüchtern und trug ein elegantes Kostüm, das, wie ich wusste, meiner Mutter gehörte. Nirgendwo stand eine Flasche herum, alles wirkte ordentlich und sauber, so als habe erst kürzlich jemand geputzt.

»Hallo, Frank!«, begrüßte sie mich. »Wie geht es euch? Ist alles in Ordnung?«

Der mir unbekannte Mann brachte mir ein Glas Limonade, und Frau Dembrock führte mich in den Garten hinaus. Wir setzen uns an den Terrassentisch, sie zündete sich eine Zigarette an, inhalierte den Rauch und beugte sich vor. Ganz anders sah sie nun aus, ihre Nägel waren nicht mehr abgekaut, sondern lackiert, ihr Haar war zu einer hübschen Frisur hochgesteckt.

Sie lächelte kurz.

»Dinge ändern sich, Frank!«, sagte sie schließlich. »Als ich feststellte, dass mir die Kleider deiner Mutter passen, dachte ich: ›Das ist ja dumm, wenn sie immer nur im Schrank rumhängen!‹ Und kaum hatte ich mich etwas rausgeputzt, habe ich in der Stadt Jochen kennengelernt. Seine Frau hatte ihm die Koffer vor die Tür gestellt, er wohnte in einer Pension. Also hab' ich ihn hierher geholt, denn auch wenn ich in deinen Augen schon alt bin, fühl' ich mich immer noch jung, und ich möchte doch schließlich auch was vom Leben, das kannst du doch sicher verstehen ...«

Auch hier im Garten loderten noch immer die Blüten, eine Hummel zog taumelnd vorbei. Auf der Wäschespinne trocknete Kleidung, und am Abgang zum Keller stand ein Waschpulverpaket. *Weißer Riese – seine Waschkraft macht ihn so ergiebig.* Alles schrie: Bürgerlichkeit! Normalität!

Ich schaute zu Frau Dembrock, betrachtete ihre gepflegte Erscheinung, die gebräunten Arme und Beine, und sah, sie war schön.

Frau Dembrock bemerkte meinen Blick, wieder lächelte sie und fragte mich: »Gefall' ich dir so? – Endlich fühl' ich mich wieder als Frau.«

Und meine Verlegenheit ignorierend fügte sie hinzu: »Du willst bestimmt nach deinem Vater sehen. Er hat sich deinetwegen große Sorgen gemacht. Gott sei Dank hat Raul ihm erzählt, mit euch wär' alles in Ordnung, es ginge euch gut. Er hat zwar nicht verraten, wo ihr eigentlich steckt, aber was soll's? Eva war schon immer ein besonderes Kind, und du bist es auch. Was soll man da tun? – Dein Vater ist meistens unten im Keller. Trixi bringt ihm sein Essen. Ich weiß nicht, was er den ganzen Tag über macht. – Geh, er wird sich freuen über deinen Besuch.«

Ich stand auf und lief den Absatz zum Keller hinunter, öffnete die Tür und durchquerte die Waschküche, die sich dahinter befand. Vor dem Hobbykeller stoppte ich, rief: »Papa?« und klopfte. Er antwortete nicht. Als ich die Klinke herunterdrückte, stellte ich fest, die Tür war verschlossen.

»Papa?«, rief ich noch mal.

Ich lauschte, konnte aber nichts hören. Kein Geräusch verriet seine Anwesenheit. Unschlüssig, was ich tun sollte, stand ich noch eine Zeitlang herum, wandte mich aber schließlich zum Gehen. Vielleicht war es ihm peinlich, mir gegenüberzutreten. Vielleicht schlief er auch nur. Erst, als ich schon fast wieder in der Waschküche war, öffnete sich einen Spaltbreit die Tür, und der Kopf meines Vaters erschien. Sein Haar war länger geworden, und er trug einen Bart. Hinter ihm auf der Werkbank sah ich Scherben, eine Tube Kleber und einen halb zusammengepuzzelten Teller. Was Raul mir erzählte hatte, schien die Wahrheit zu sein.

»Hallo, Frank!«, sagte mein Vater leise. »Geht es dir gut?«

Ich nickte, brachte jedoch kein Wort heraus. Was ich empfand, das waren Mitleid und Scham. Fast wäre ich meinem Impuls gefolgt und auf ihn zu gerannt, um ihn zu umarmen, doch etwas Unsichtbares hielt mich zurück. Zaghaft winkte ich ihm und ließ ihn allein.

Ich verabschiedete mich von Frau Dembrock.

Als sie aufstand und sich vorbeugte, sah ich den Ansatz ihrer Brust, meinte die Wärme ihres Dekolletés spüren zu können, und wieder fühlte ich Verlegenheit aufbranden, ein Glühen, das meinen Körper durchfuhr.

Sie brachte mich zur Tür und sagte: »Du willst bestimmt noch rüber, deiner Mutter guten Tag sagen, grüß sie von mir.«

Statt zu antworten, nickte ich nur.

Frau Dembrock legte ihre Hand auf meinen Arm, es fühlte sich an, als würde sie brennen, und ich nahm einen fraulichen Geruch an ihrem Körper wahr, einen Geruch, der mich verwirrte.

»Passt auf euch auf, hörst du?«, sagte sie nun, und meine Verwirrung verflüchtigte sich, um einer dumpfen, lange angestauten Wut Platz zu machen. Erregt deutete ich auf das neue Schild an der Tür.

»Das ist nicht Ihr Haus!«, schrie ich. »Sie haben kein Recht, hier zu wohnen!«

Doch Frau Dembrock erwiderte: »Ich habe dieses Schild *für dich* anbringen lassen.«

Ich verstand nicht, blickte sie nur irritiert an, und Frau Dembrock fügte hinzu:

»Die Polizei war hier. Weil du nicht mehr zur Schule gehst. Die Beamten haben das Türschild gesehen und gefragt: ›Frau Adam?‹ Ich sagte: ›Nee, ich heiße Dembrock. Die Adams wohnen hier nicht mehr.‹ Dann haben sie gefragt, ob ich die neue Adresse von euch wüsste, aber ich hab' gesagt: ›Nee, tut mir leid. Keine Ahnung, wo die hin sind. Irgendwo bei Kassel, hab' ich gehört.‹ Dann haben sie noch mal aufs Türschild geguckt, haben sich entschuldigt und sind wieder ab. Ich denk' mal, sie haben's geglaubt. «

Wieder berührte sie meinen Arm, wieder spürte ich ihre Berührung brennend und heiß.

»Und Eva?«, hakte ich nach. »Was ist mit ihr? Sie geht auch nicht zur Schule!«

»Eva hab' ich bei ihrer Oma angemeldet«, sagte Frau Dembrock. »Bis man dort mitkriegt, dass sie nicht zur

Schule geht, wird noch eine Weile vergehen. – Gebt Bescheid, wenn ihr was braucht. Und bestell Eva liebe Grüße von mir!«

30

Es war Trixi, die mir die Tür geöffnet hatte. Eine Plastiktüte voll Kleidung in der Hand, war sie an mir vorbeigeschlüpft und wortlos zu uns hinübergegangen. Nun stand ich im abgedunkelten Wohnzimmer und blickte auf meine Mutter, die mit weit geöffnetem Mund schlafend auf dem Sofa lag, bekleidet nur mit einer schmutzigen Bluse und einem kurzen Rock, der im Schlaf so weit hoch gerutscht war, dass ich erkennen konnte, sie hatte darunter nichts an. Ich hob die Wolldecke auf, die auf dem Fußboden lag, und deckte sie zu. Geleerte Schnapsflaschen standen herum, und im Aschenbecher auf dem niedrigen Tisch türmten sich die ausgedrückten Zigaretten. Der Fernseher lief, und eine Stimme sprach: »Der Weltraum. Unendliche Weiten. Wir schreiben das Jahr 2200 …«

Im Türrahmen erschien plötzlich Herr Dembrock, doch ich bemerkte ihn erst, als er sagte: »Werd' endlich erwachsen, mein Kleiner! Menschen sind einsam. Irgendwann geben sie auf.«

»Was ist mit Ihrer Frau?«, schrie ich ihn an. »*Sie* sollte auf diesem Sofa hier liegen! Sie sollte die Trinkerin sein!«

»Meine Frau hat jetzt ein anderes Leben«, erwiderte

er. »Die macht auf feine Dame.« Und er fügte hinzu: »Komm, ich will dir was zeigen!«

Ich erstarrte, Herr Dembrock bemerkte meine Furcht.

»Keine Angst, ich tu' dir schon nichts«, suchte er mich zu beruhigen.

Er ging voraus, in die vor Schmutz starrende Küche. Im Abfalleimer gärte und verfaulte der Müll, im Spülbecken stapelte sich verkrustetes Geschirr, Dutzende von Fliegen kreisten herum.

Herr Dembrock deutete zum Küchentisch.

»Na, wie findest du das?«

Ich erblickte ein aus Tausenden von Streichhölzern gefertigtes Haus, eine doppeltürmige Kirche.

»Der Kölner Dom«, sagte Herr Dembrock. »Bin heute Nacht fertig geworden. Drei Jahre hab' ich gebraucht. Ich hab' noch andere Sachen gebaut. Buddelschiffe. Willst du mal sehen?«

Er ließ mich allein, und ich blickte ihm nach, wie er in seinem fleckigen, weißen Unterhemd durch den Flur lief, um die Treppe nach oben zu nehmen. Wut ergriff mich, ich nahm die schmutzige Pfanne vom Herd, und mit aller Kraft, die ich aufbringen konnte, schlug ich sie in sein Modell des Kölner Doms. Die Streichhölzer zersplitterten, wieder und noch einmal schlug ich mit meiner ganzen Kraft zu, zerstörte den Westturm, das Kirchenschiff, als Letztes den Ostturm und rannte, von wilden, bösen Gefühlen gejagt, auf die Straße hinaus.

Gut und rein! Gut und rein ist der Mensch – dann wird er geboren. Und Reinheit und Güte stellen nur noch eine verblassende Erinnerung dar. In einer Zeitschrift hatte ich gelesen, dass selbst Schimpansen zu Mord fähig sind, zu Missgunst und Neid, dass sie Kriege führen gegen andere Horden, auf Jagd gehen, um andere Affen zu töten. Das Böse trat also nicht erst mit dem Menschen in die Welt, es war ein Prinzip der Evolution, ein Hinweis darauf, dass es das Paradies niemals gab. Flugzeuge kollidierten in der Luft, der Montag wurde offiziell als erster Tag der Woche festgelegt, im Radio sang Costa Cordalis über ein Mädchen namens Anita, meine Mutter war eine Trinkerin und hatte kapituliert, ich war einsam und würde ebenfalls kapitulieren. Aufgebracht und wütend lief ich über die Felder zum Wedheider Forst, die katholische Kirche führte die letzte Teufelsaustreibung auf deutschem Staatsgebiet durch, Peter Maffay feierte mit dem Lied »Es war Sommer« einen großen Erfolg, genauso wie eine weibliche Gesangsgruppe namens *Silver Convention* mit ihrem Titel »Fly, Robin, Fly«, mein Vater dagegen hatte sich selbst zum Gefangenen gemacht, und ich lief und rannte, alles schmerzte, alles fügte mir Leid zu, *hinter tausend Stäben keine Welt*, und »Ich liebe das Leben« von Vicki Leandros, »Lady Bump« von Penny McLean, eine Boeing 747 der Turkish Airlines, die während eines Notlandeanflugs auf den Flughafen Isperta gegen einen Berg prallt, einhundertvierundfünfzig Tote sind zu beklagen, der Kölner Dom aus Streichhölzern, Buddelschiffe und Louis, der keinen Schwanz mehr, und Eva, die keine Zehen besaß, überall Wahrheit, reale und falsche, und Wirklichkeit mit entweder keinen oder aber schwarzen Konturen wie unüberwindliche Zäune, die Tage und Stunden ein Tanzen im Feuer, die Sonne ein

Feind. Blut durchfloss meine Adern, nichts ergab einen Sinn, nirgendwo Schönheit und Glanz, in mir nicht und nicht in der Welt. Und als ich das schiefe Haus erreicht hatte, da fand ich Eva, Georg, Raul und Louis im Garten, unwillkürlich merkte ich auf, weil etwas nicht stimmte, etwas geschehen war, eine Katastrophe, die nicht mehr aus der Welt zu schaffen war und uns alle bedrohte, denn Eva, die wieder ihre roten Stiefel trug, wirkte so anders, wirkte verstört und war, wie ich nun erfuhr, in der Küche urplötzlich auf einen Fremden gestoßen und hatte zu schreien begonnen, woraufhin Raul ihr nachgestürmt war. Er hatte den Eindringling, von dem er glaubte, dass dieser seine Schwester bedrängte, zur Seite gestoßen, der andere war zu Boden gefallen, sein Hinterkopf dabei auf dem eisernen Herd aufgeschlagen, und er war sofort tot, kein Leben mehr in ihm, und meine Gedanken rasten, Bilder wirbelten in meinem Kopf, und Raul schwieg, als Eva erzählte, sie hätten ihn zum See gezogen, mit Steinen beschwert und in dem dunklen Wasser versenkt, weil dies weniger mühsam gewesen sei, als auch ihn im Garten zu vergraben, zuvor jedoch hätten sie noch seine Taschen durchsucht und Ausweispapiere gefunden, in denen stand, dass der Tote Georg Mürlitz war, der Sohn der alten Hämmerlein, der nun endlich heimgekehrt war. Und ich blickte zu Eva, Verständnislosigkeit in meinem Blick, weil ich nicht verstand, denn ich hatte ihr doch den Brief vorgelesen, den Brief von Richard Hämmerlein, in dem es hieß, er hatte die Nachricht vom Tod des Soldaten Georg Mürlitz wie auch das Paket mit dessen persönlichen Dingen unterschlagen und seiner späteren Frau, verwitwete Mürlitz, mit gefälschter Feldpost nur vorgespielt, ihr Sohn Georg sei noch am Leben.

Eva sagte: »Verstehst du denn nicht? In seinem Abschiedsbrief hat er gelogen!«

»Gelogen? – Warum?«, fragte ich, noch immer nicht begreifend.

»Na, weil er sie wirklich geliebt hat! Er war kein mieses Schwein. Er wollte ihr bloß endlich Seelenfrieden geben. Weil er gesehen hatte, wie ihre Hoffnung sie quälte, die Hoffnung, Georg sei noch am Leben und kehre eines Tages doch noch zurück! Deshalb erfand er in seinem Brief die Fälschungsgeschichte und schrieb, Georg sei in Wahrheit seit vielen Jahren schon tot.«

»Aber was ist mit den anderen Briefen? Die, in denen Georg schreibt, es gehe ihm gut, man habe ihn zur Verpflegungseinheit versetzt?«

»Die waren echt. Die waren wirklich von ihm. Er hat sie vorher geschrieben.«

»Und wo ist er dann die ganzen Jahre über gewesen? Wieso hat er Frau Hämmerlein keine Nachricht zukommen lassen, dass er noch lebt? Wieso kam er erst jetzt?«

»Keine Ahnung«, entgegnete Eva. »Und fragen können wir ihn jetzt auch nicht mehr.

»Und das ist auch gut so«, urteilte Raul, »wir hätten nur Ärger bekommen.«

31

An diesem Abend hatte Eva Louis in die Wassergrube gestellt und wusch ihm das Fell. Anschließend trocknete sie ihn mit einem großen Handtuch ab, kämmte ihn und entfernte die Kletten. Ich saß mit Georg, der Mumie und Raul auf der Bank am Brunnen, und Raul nahm eine Flasche Bier aus einem Rucksack, öffnete sie mit seinem Feuerzeug und reichte sie mir. Anschließend nahm er eine zweite Flasche heraus, öffnete auch sie und stieß mit mir an.

»Keine Angst. Wird dir zwar nicht schmecken, aber schadet auch nicht. Wenn ich nur wüsste, was meine Schwester von dir eigentlich will.«

Er trank einen Schluck, ich tat es ihm nach, und das Bier schmeckte bitter und schäumte den Flaschenhals hoch, so dass ich mich verschluckte und zu husten begann.

Raul fragte: »Was denkst du von uns? Du glaubst, wir sind Asoziale, nicht wahr?«

»Ihr seid auf jeden Fall anders«, versuchte ich ihm auszuweichen, doch er lachte kurz auf und sagte:

»Du hast Recht. Wir *sind* asozial. Irgendwie machen wir immer alles kaputt, dabei wollen wir das gar nicht. Wir wollen nur leben, in Ruhe gelassen werden von euch.«

Die Richtung, die das Gespräch nahm, war mir unangenehm. Deshalb fragte ich nach etwas anderem, was mich schon seit langem interessierte.

»Wo habt ihr vorher gewohnt, ehe ihr neben uns eingezogen seid?«

»Na, woanders – wo sonst?«, war seine Antwort, und insgeheim wurde ich wütend, weil ich glaubte, noch immer hätten er und Eva kein Vertrauen zu mir. Und so fragte ich ihn:

»Wie ist das, wenn man einen Menschen getötet hat?«

»Wie ist das, wenn man so ist wie du?«, kam es zurück. »Wie ist das, wenn man plötzlich so wie mein Bruder hier ist? Erst groß und stark und plötzlich verblödet und ständig auf Hilfe angewiesen?«

»Ich denke, er ist von Geburt an behindert gewesen ...«

»Hat Eva das erzählt: Georg wär' schon so seit seiner Geburt?«

Wieder trank Raul einen Schluck.

»Los, trink!«, forderte er. »Ich erzähl' dir, wie das mit unserem großen Bruder in Wirklichkeit war.«

Ich nahm einen Schluck und bereute, meine letzte Frage gestellt zu haben. Die Dembrocks waren ein Sog, der einen in die Tiefe riss. Immer neue Geheimnisse taten sich auf, mir graute davor. Denn instinktiv wusste ich, dass die Geschichte, die mir Raul nun erzählen würde, etwas Schreckliches barg, und ich sollte mich nicht darin irren.

»Eva war damals noch klein, vier oder so. Georg stammte aus der ersten Ehe unserer Mutter, er war schon elf und ich ungefähr acht. Schon damals waren alle in Eva vernarrt, Georg vor allem, der immer drauf aufpasste, dass ihr niemand was tat.

Eines Tages kriegte er mit, dass auch unser Vater in Eva vernarrt war, und nicht nur vernarrt, denn Georg erwischte ihn dabei, wie er versuchte, sein hässliches Ding in sie zu stecken. Er hatte sie ausgezogen. Ausgezogen und vor sich auf den Küchentisch gelegt. Er hatte geglaubt, außer mir wär' niemand im Haus, und ich hockte vor der Flimmerkiste und kriegte nichts mit.

Als Georg in die Küche kam – die kleine Eva auf dem Tisch und unser Alter mit runtergelassener Hose nacktarschig davor – hat er sofort geschnallt, was für eine Absicht unser liebes Väterchen hatte, und er hat eine Suppenkelle genommen und unserem Alten damit von hinten eine gezimmert. Der Alte schrie auf, fiel aber nicht um, sondern packte sich Georg. Er hat so lange auf ihn eingeprügelt und ihn getreten, bis er keinen Laut mehr von sich gab, nicht mal mehr ein Wimmern, und dann hat er die Tür zum Treppenhaus geöffnet und ihn die Treppe runtergeworfen.

Als man Georg ins Krankenhaus brachte, war er fast schon hinüber, und die Bullen kamen und haben unseren Alten verhaftet. Er hat vier Jahre gekriegt. Als er rauskam, hat er immer noch eine Stinkwut auf Georg gehabt. Oder vielleicht wollte er ihn auch bloß nicht mehr sehen. Von da an hat Georg im Keller gelebt, und Eva hat sich um ihn gekümmert. Unser Alter hat jedoch immer drauf geachtet, dass sie nicht zu lange bei ihm blieb. Es hat ihn nämlich gefuchst, dass sie sich um ihn kümmerte, er ließ sie immer nur zehn Minuten zu ihm. Das reichte aus, um ihn auf den Topf zu setzen, ihn zu füttern oder zu waschen. Immer bloß zehn Minuten, mehr nicht. Und am meisten hat es unser Alter gehasst, wenn sie Georg vorgesungen hat. Manchmal hat es ihn regelrecht rasend gemacht, und dann gab es für irgendeinen von uns immer Kasalla, oder er warf mit Flaschen nach uns. Meistens kriegte meine Mutter die Prügel, manchmal auch ich. Aber Eva hat er nie wieder angerührt, unser Alter, ich weiß nicht, warum. Hat nicht mal den Versuch unternommen. So ist das gewesen mit Georg.«

Die Geschichte hatte mir den Hals zugeschnürt. Ich trank einen großen Schluck Bier und fragte Raul: »Und ihr habt nie was gegen euren Vater unternommen?«

»Was denn unternehmen?«, erwiderte er. »Menschen sind nun mal so, was soll man da tun? \`ne Kerze aufstellen, du Spinner?«

Und als würde er die Heftigkeit seiner letzten Bemerkung bedauern, zuckte er kurz mit den Schultern, stand auf und sagte: »Los, komm! Ich werd' nicht immer da sein, wenn du mich brauchst! Ich zeig' dir ein paar Tricks, wie man kämpft.«

»Klar«, erwiderte ich, und Eva erhob sich, von der Erde waren ihre Knie ganz braun, sie steckte zwei Finger in den Mund und pfiff Louis herbei.

Wir umrundeten den See und während Louis voranlief, sagte Eva, dass bald der Herbst und dann der Winter kommen werde, wir müssten daran denken, uns rechtzeitig einen Vorrat an Feuerholz für den Herd zuzulegen. Ich nickte, wollte aber nicht an den Winter denken, die Zukunft erschien mir suspekt. War es denn möglich, immer so weiter zu leben, nie wieder zur Schule zu gehen?

Wir gingen zur alten Ziegelei mit ihrem Schornstein, der wie eine Lanze in den Himmel stieß, und erst auf dem Rückweg fiel es mir auf: Der Pegel des Sees schien gesunken zu sein, und ich sagte es Eva.

»Da! Man kann sehen, bis wo das Wasser gereicht hat. Dort ist die Erde am Ufer noch feucht.«

»Na, ist doch normal. Im Sommer verdunstet das Wasser«, erwiderte sie.

»Aber so hat die Uferkante noch nie ausgesehen«, gab ich zu bedenken und hob einen Stock auf, den ich mit einer Kerbe markierte und in den Seeboden stieß.

Eva kommentierte es mit den Worten: »Du spinnst!«

»Wie werden ja sehen«, entgegnete ich.

Und wirklich! Am nächsten Tag musste ich nicht erst die Markierung überprüfen, um zu erkennen, dass der Pegel des Sees erneut gesunken war. Er hatte sich um fast die Hälfte gesenkt, mit Verdunstung allein war das nicht zu erklären. Und schrecklicher: Im Schlamm nahe dem Ufer war der verschmutzte Leichnam von Georg Mürlitz zu sehen, ich rief Eva herbei.

»Satz mit X: War wohl nix!«, sagte sie zu meiner Verblüffung, mir dagegen graute es beim Anblick des Toten.

»Da kann er nicht bleiben«, erklärte ich Eva. »Erstens wird er zu stinken beginnen, und zweitens ...«

Ich stockte, weil ich meinen Gedanken in ihrer Gegenwart nicht aussprechen wollte.

»Und zweitens?«, hakte Eva nach.

»Zweitens kann ihn so jemand entdecken«, antwortete ich.

»Wer?«, fragte Eva und wirkte, so schien mir, verblüfft. »Hier ist doch weit und breit niemand!«

»Ja und? Glaubst du vielleicht, das wird immer so sein!? Irgendwann wird irgendwer kommen.«

»Wer denn?«

»Woher soll ich das wissen?«, rief ich erregt. »Kinder, Forstarbeiter, Vermessungsbeamte ... Ich hab' das schiefe Haus ja schließlich auch entdeckt! Auf jeden Fall muss die Leiche da weg!«

In diesem Augenblick setzte ein Wolkenbruch ein, fette Tropfen prasselten nieder, und wir liefen ins Haus. Dort räumte ich den Küchentisch frei und zog die Wachsdecke herunter, um sie mir um die Schulter legen zu können.

»Was hast du vor?«, fragte mich Eva.

»Rausfinden, wieso der See Wasser verliert.«

»Jetzt, im Regen?«

Ich antwortete nicht, sondern lief durch den Flur, wickelte mich in die Wachsdecke und marschierte zu der Stelle des Sees, wo ein kleiner Bach sein Wasser einspeiste. Die Luft hatte sich stark abgekühlt, ich fror. Unter

»Das ist nicht ihr Sohn!«, rief ich aus. »Georg Mürlitz liegt noch im See. Das hier ist irgendwer anders!«

»Das ist Rüdiger Ottke!«, sagte Eva. »Wie kommt der denn hierher?«

»Wer ist Rüdiger Ottke?«, fragte ich sie.

Eva antwortete leise: »Na, wer schon? Ein Bekannter von Raul.«

33

Mit meinem Bruder waren es fünf: er, Herr Hämmerlein und seine Frau, Georg Mürlitz und nun Rüdiger Ottke. Ein Totensommer, und in ihm wohnend Eva Dembrock und ich, ein schönes Mädchen und ein verpickelter Junge.

Wir schleppten den toten Rüdiger Ottke, der zu Rauls Clique gehört hatte, in eine Decke gewickelt um das Haus herum in den Garten, liefen zurück, wateten in den See und zogen den Leichnam von Georg Mürlitz heraus. Wieder sprang ein großer Ekel mich an, als ich die Leiche berührte. Auf Evas Gesicht hingegen zeigte sich keinerlei Regung.

Ich nahm den Spaten, stach ihn in die noch aufgeweichte Erde und brach die erste Sode heraus. Beide wurden sie zu dem Leichnam von Frau Hämmerlein, verwitwete Mütlitz, gelegt. Ich spürte, dass unsere Zeit im schiefen Haus zu Ende ging. Jemand, der böse war, würde uns aus unserem Garten vertreiben.

Was Eva dachte, sagte sie nicht. Es war auch nicht nötig, ich wusste Bescheid.

te, der ihn noch gesehen hat, vor vier Tagen, abends in der Pommesbude. Seitdem ist er weg.«

»Ja und? Was soll's?«, entgegnete Eva. »Der war sowieso bekloppt!«, und ich merkte auf und begriff. Wieso sagte sie Raul nicht, dass wir Rüdiger Ottke tot aus dem See gefischt und neben Frau Hämmerlein beigesetzt hatten?

Dass sie es Raul verheimlichte, ließ nur eine Schlussfolgerung zu, und ich fühlte, wie Entsetzen mich packte, als Eva ihren Blick auf mich legte, um mich ins Schweigen zu zwingen.

34

Raul war längst gegangen, Eva schlief bereits, und ich saß im Garten beim Brunnen, unfähig, einen klaren Gedanken zu fassen und eine Entscheidung zu treffen. Ich fühlte mich klein und verlassen. Etwas vorgespielt hatte sie mir, mich belogen, einen Menschen getötet. – Nur einen? Oder hatte sie auch Georg Mürlitz auf dem Gewissen? Denn es war ja Eva gewesen, die erzählt hatte, wie es geschah, Raul war nur dabei gesessen und hatte geschwiegen! – Was geschehen war, erschien mir monströs, unwirklich. Nur in Filmen, in Krimis gab es so was. Die Welt, sie zerbrach wie ein Keks.

Als der Morgen zu dämmern begann, stand ich auf und lief um den See. Zurück! Ich wollte zurück! Ich wollte, dass die Kubeckis neben uns wohnten, dass mein Bruder noch lebte und meine Eltern noch zusammen waren. Und noch weiter zurück, in jene Tage, in denen ich in unserem Garten im Sandkasten gesessen hatte, eine gelbe Plastikschaufel in der Hand und bunte Förmchen um mich herum und meine Mutter, die mich lachend hochhob und sagte: »Pfui, was bist du nur für ein schmutzi-

Herr Dembrock näherte sich, erneut traf mich sein Schlag. Als er urplötzlich aufschrie, denn meine Mutter war herangekrochen und hatte ihn in die Wade gebissen. Er trat nach ihr, rasend vor Zorn, trat sie wieder und wieder. Mein Blick aber hatte den roten Schraubendreher auf der Kommode erfasst, ich schrie: »Hören Sie auf!«, und noch bevor er ein weiteres Mal zutreten konnte, war es geschehen. Er hielt inne, der rote Griff ragte aus seinem Rücken, und Herr Dembrock wandte sich um, Erstaunen im Blick. Wortlos formten seine Lippen ein O. Ich blickte zu meiner Mutter, die nun ebenfalls begriff, ihr Gesicht geschwollen und blutig. Herr Dembrock taumelte, sackte in die Knie, stöhnte: »Du Mistkerl!«

Er kippte zur Seite, etwas Blut lief aus seinem Mund, und ich half meiner Mutter, auf die Beine zu gelangen. Fassungslos starrten wir auf den reglosen Körper, als könnte er doch noch zum Leben erwachen. Aber Herr Dembrock erwachte nicht mehr. Aus. Finito. Herr Dembrock war tot.

Die Erstarrung meiner Mutter löste sich auf. »Hilf mir!«, sagte sie und wies mich an, seinen linken Arm zu ergreifen.

Wir schleiften Herrn Dembrock in den Garten. Auch die übrigen Vögel hatten mit ihren Morgengesängen begonnen, doch noch schien niemand der Nachbarn auf den Beinen zu sein. Am Komposthaufen angelangt, entfernte meine Mutter die oberen Schichten und warf Gras, Äste und Laubhaufen zu Boden, bis die Kiste zur Hälfte geleert war. Mit einem Ruck zog sie den Schraubendreher heraus.

Es war nicht leicht, Herrn Dembrock in die Höhe zu hieven, zweimal glitt er zu Boden, ehe er endlich mittig im Komposthaufen lag. Wir schwitzten und rangen um Luft. Dunkel warf der alte Kastanienbaum seinen Schatten auf uns.

Meine Mutter blickte zu den Fenstern der Nachbarn, alles war friedlich und still. Wir bückten uns, griffen nach den Gartenabfällen zu unseren Füßen und deckten Herrn Dembrock mit ihnen zu.

»Zu keinem ein Wort!«, schärfte meine Mutter mir ein. »Auch nicht zu Eva, hast du verstanden?«

Ich nickte und schaute zu, wie sie mit ihrem rechten Fuß die Schleifspur im Gras beseitigte.

»Komm, ich mache uns Frühstück«, sagte sie schließlich, und wir gingen ins Haus.

35

In Bremerhaven stiegen wir aus. Ruhig und entschlossen hatte meine Mutter nach dem Frühstück die Koffer gepackt und ein Taxi gerufen. »Zeit zu gehen«, hatte sie gesagt. »Wir haben hier nichts mehr verloren.«

Ein weiteres Taxi brachte uns zu Tante Lele, die im Vorort Geestemünde wohnte. Sie war unverheiratet und arbeitete in einem Reisebüro. Natürlich war sie überrascht, uns zu sehen.

Sie und meine Mutter gingen in die Küche, ich hörte sie sprechen. Nach kurzer Zeit kamen sie zurück, Tante Lele zeigte uns das Gästezimmer. Es hatte eine lila Tapete mit großen Blumenornamenten, die Farbe des Lampenschirms leuchtete grell in Orange.

»Morgen melden wir dich in der Schule an«, sagte meine Mutter.

Tausend Gedanken, Hunderte von Fragen, doch ich schwieg. Alles war ja meine Schuld! Ich war dumm gewesen! Wie ein weinerliches Kleinkind hatte ich bei den Dembrocks geschellt. Weil ich nicht wusste, wohin. Weil ich es bei Eva im schiefen Haus nicht mehr hatte aushalten können, als ich die Wahrheit begriff. Hätte ich doch das Modell des Kölner Doms nicht zerstört! Hätte ich doch nicht den Schraubendreher ergriffen, sondern Hilfe geholt!

»Schau etwas fern!«, wies Tante Lele mich an, »deine Mutter und ich haben noch was zu bereden. Ich mach' dir einen warmen Kakao.«

Eine neue Zeichentrickserie namens *Biene Maja* wurde gezeigt, und es tat wohl, mich wieder als Kind fühlen zu dürfen. Tante Lele kam und brachte mir den versprochenen Kakao.

»Wirst sehen. Es wird dir in Bremerhaven gefallen. Die Nordsee ist direkt vor der Tür.«

Später setzte sich meine Mutter kurz zu mir, gab mir einen Kuss und erklärte, sie sei müde und gehe zu Bett. Grau und fleckig war ihre Haut.

»Hast du Hunger?«, fragte mich Tante Lele, nachdem meine Mutter schlafen gegangen war. »Ich bin zwar keine besonders gute Köchin, aber Spaghetti kriege ich hin.«

»Worüber hat Mama mit dir gesprochen?«

»Erwachsenendinge«, lächelte sie. »Du musst jetzt nett sein zu ihr. Die letzten Monate waren nicht einfach für sie.«

Während Tante Lele die Spaghetti kochte, blieb ich im Wohnzimmer und blätterte in einem Walt-Disney-Taschenbuch, das ich im Buchregal gefunden hatte. Donald und seine Neffen, Onkel Dagobert sowie auch die anderen Bewohner Entenhausens sahen anders aus als in den Micky-Maus-Heften, die jede Woche erschienen. Irgendwie waren sie anders gezeichnet, und es gab eine Figur namens Gamma, die ich bisher nicht kannte. Darüber muss ich eingeschlafen sein, denn als ich erwachte, lag ich im Gästezimmer im Bett, durch die Vorhänge schien gedämpft die Sonne herein.

Ich stand auf, zog mir eine kurze Hose und ein T-Shirt an und ging in die Küche.

»Na, du Langschläfer! Setz dich!«, begrüßte mich meine Mutter. Sie sah aus wie damals, ehe die Dembrocks ins Nachbarhaus zogen, trug ein blauweißes Kleid mit Wellenmuster und weißrundem Kragen und hatte sich dezent geschminkt.

Ich setzte mich an den Tisch, wo schon gedeckt war für mich. Mutter schüttete mir Milch in ein Glas.

»Wenn du gefrühstückt hast, fahren wir zur Schule. Es geht nicht, dass du weiterhin schwänzt.«

»Was ist mit Papa?«, fragte ich. »Kommt er auch nach Bremerhaven?«

»Iss dein Frühstück!«, wich sie mir aus. »Ich bin mal im Bad.«

36

Tante Lele hatte recht: Die Nordsee lag quasi direkt vor der Tür, in Bremerhaven-Weddewarden. Sie fuhr uns mit ihrem weißen VW-Käfer dorthin. Möwen klebten am Himmel, graublau wellte das Meer.

Am Vortag hatte ich zum ersten Mal die neue Schule besucht. Statt Frau Scheitholz hatte ich nun einen Klassenlehrer namens Hirtensack. Warum ließen Menschen, die so hießen, ihre Namen nicht ändern, ich hatte gehört, dass man das kann. Man musste nur einen Antrag beim zuständigen Einwohnermeldeamt stellen und eine gewisse Summe bezahlen, dann konnte man sich einen anderen wählen.

»Ich möchte euch einen neuen Mitschüler vorstellen: Frank Adam. Ich erwarte, dass ihr nett zu ihm seid. Sonst werdet ihr von mir an die Kandare genommen. Ihr wisst, was das heißt!«

Mein Banknachbar hieß Torsten Edders und hatte genauso viele Pickel wie ich im Gesicht. In der Pause spielten wir Autoquartett, und er erklärte mir, was *Fahnentrumpf* war. Zurück im Klassenzimmer erzählte ich ihm den Witz von dem Mann, der zum Amt geht, um sich einen anderen Namen geben zu lassen, und der Beamte fragt ihn: »Wie heißen Sie denn?« – »Friedrich Scheiße«, erwidert der Mann. »Das kann ich gut verstehen, dass Sie mit diesem Namen unglücklich sind«, sagt der Beamte. »Wie wollen Sie in Zukunft denn heißen?« – »Heinrich Scheiße.«

Torsten Edders sagte: »Der hat schon sooo'n Bart! Kennst du keine anderen?«

Ich war nicht gut im Witzeerzählen, überhaupt kursierte neuerdings eine ganz andere Sorte, wie ich von Torsten erfuhr.

»Sitzt'n U-Boot auf der Mauer und singt. Kommt eine Banane vorbei und fragt: ›Brauchen Sie Brot?‹ Antwortet das U-Boot: ›Nein danke, aber ich rauch' nicht!‹«

Ich verstand diesen Witz nicht, und Torsten Edders sagte: »Da gibt's nix zu verstehen, der ist einfach so«, und dann kam unsere Englischlehrerin, Frau Kirsten, herein, und wir mussten aufhören mit unserem Gespräch.

Nach der Schule verabredeten wir, dass ich um fünfzehn Uhr zu ihm kommen würde; wie Tante Lele wohnte er in einem Mietshaus, das an einer dicht befahrenen Straße lag. Alles war ganz anders als bei uns in der Siedlung.

»Komm rein, Torsten ist in seinem Zimmer, zweite Tür links«, sagte Frau Edders. Sie hatte rote Haare und trug einen braunen, eng anliegenden Rock. Torsten sagte, dass sie Journalistin sei und Artikel für die Nordsee-Zeitung schreibe sowie Hörfunkbeiträge.

Auf seinem Zimmer zeigte mir Torsten eine ganze Reihe von Comics, die ich nicht kannte: *Popeye*, *Isnogud* und

Die Grüne Laterne. Dann holte er unter der Matratze ein anderes Heft hervor, in dem waren nackte Frauen zu sehen.

»Schau mal, die hier!«, sagte er, aber ich stand auf und erklärte, ich müsse nun gehen.

»Na, das war ja ein kurzer Besuch«, verabschiedete mich Frau Edders und brachte mich zur Tür. »Grüß schön zu Hause!«

Ich beschloss, dass rothaarige Frauen sehr schön waren, besonders Frau Edders. Torsten noch einmal besuchen aber wollte ich nicht.

Wie es wohl Georg und Eva ging, dachte ich draußen vor dem Haus. Was sie wohl machten? Dann aber geriet mir wieder Frau Edders in den Sinn, und die Erinnerung an ihren eng anliegenden Rock lenkte mich ab.

Ich blickte auf die Nordsee hinaus, neben mir, schweigend, Tante Lele und meine Mutter. Am Himmel Möwen. Wie in die Bläue gepiekst.

37

Schnell bemerkte ich, dass Raul Dembrock nicht mehr seine schützende Hand über mich hielt. Ralf Tönner aus der 9c verprügelte mich, weil ich ihm keine Zigarette gab. Wie auch, denn ich rauchte ja nicht. »Dann klau welche!«, hatte er gesagt.

Als Tante Lele mein geschwollenes Auge sah, erklärte sie, ich müsse lernen, mich endlich zu wehren. »Einfach draufhauen!«, meinte sie. »Die müssen sehen, dass du dir von ihnen nichts gefallen lässt.«

Kurz darauf kehrte meine Mutter von einem Bewerbungsgespräch zurück. Sie hatte sich als Supermarktkassiererin beworben, aus ihrem alten Beruf als Steuerfachgehilfin war sie, wie sie sagte, schon zu lange heraus, und irgendwomit müsse sie ja etwas verdienen.

Meine Mutter als Supermarktkassiererin, das konnte ich mir nicht vorstellen, und auch Tante Lele meinte, da verkaufe sich meine Mutter ja weit unter Wert, sie wolle mal ihren Chef im Reisebüro fragen, ob da nicht was zu machen sei. Aber meine Mutter fing trotzdem im Supermarkt an, im Co-op zwei Straßen weiter, doch der Verdienst reichte nicht aus, um eine eigene Wohnung zu mieten. Also kündigte sie nach einem Monat und arbeitete im Hafen, wo sie auf dem Großmarkt Fische sortierte. Im Vorort Twischkamp schauten wir uns eine kleine Wohnung an, zwei Zimmer, Küche und ein fensterloses Bad, aber sie gefiel meiner Mutter nicht, genauso wenig wie mir.

Abends sagte Tante Lele zu meiner Mutter: »Das ist doch alles nichts Halbes und nichts Ganzes. Du musst zurück und Ordnung schaffen. Vielleicht kriegt ihr das Haus verkauft. Ich versteh' sowieso nicht, warum du zulässt, dass diese andere Familie drin wohnt.«

Meine Mutter sträubte sich zunächst, doch Tante Lele gab keine Ruhe. So fuhren wir am folgenden Wochenende mit dem Zug nach Hause zurück. Es fühlte sich merkwürdig an, so als reisten wir nicht durch den Raum, sondern durch die Zeit in die Vergangenheit. In der Bahnhofsbuchhandlung hatte mir meine Mutter *Asterix bei den Goten* gekauft. Es war nicht so lustig wie die anderen Asterix-Bände. Am Zugfenster schob sich phlegmatisch die zu Boden gedrückte Landschaft vorbei.

Wir stiegen am Hauptbahnhof aus, und noch ehe wir auf dem Bahnsteig standen, sahen wir Onkel Karl, der uns entgegeneilte. Ganz aufgelöst schien er zu sein und völlig außer sich. So hatte ich ihn noch nie gesehen.

»Marion, gut, dass du da bist!«, sagte er, ohne sich Zeit zu nehmen, uns zu begrüßen. »Komm, wir gehen etwas auf die Seite, damit uns der Junge nicht hört.«

»Warte hier!«, sagte meine Mutter zu mir, und Onkel Karl fasste sie am Arm, und sie liefen ein Stück den

Bahnsteig entlang, während ich auf unseren Koffer acht gab. Was war geschehen?

Ich erfuhr es noch am selben Tag, denn es war nicht möglich, es vor mir geheim zu halten. Bereits auf dem Bahnsteig, als ich ihn mit meiner Mutter reden sah, wusste ich, dass alles nun zu einem Ende finden würde. Wie, vermochte ich mir allerdings nicht vorzustellen.

Onkel Karl führte uns zu seinem grünen Mercedes und verstaute den Koffer. Meine Mutter, der auf dem Beifahrersitz immer schwindelig wurde, nahm gemeinsam mit mir auf der Rückbank Platz. Onkel Karl fädelte sich in den Verkehr ein und steuerte geradewegs zu unserer Siedlung. Vor der Garage stoppte er, stieg aus und öffnete den Kofferraum. Er wartete, bis auch meine Mutter und ich ausgestiegen waren, dann lief er mit dem Gepäck zur Tür, und meine Mutter holte ihren alten Haustürschlüssel hervor.

Frau Dembrock, Raul und Trixi waren verschwunden. Alles sah sauber und aufgeräumt aus.

»Papa?«, rief ich im Flur.

Onkel Karl sah mich an und schüttelte den Kopf. »Dein Vater ist nicht mehr da. Die Polizei ist gekommen und hat ihn geholt.«

Die Polizei hatte ihn geholt? Aber warum? Was hatte mein Vater getan?

»Er hat Herrn Dembrock erstochen. Man hat seine Leiche in der Kompostkiste im Garten entdeckt, sie hatte zu stinken begonnen.«

»Das ist ja nicht wahr!«, wollte ich rufen. »*Ich* habe Herrn Dembrock getötet! Weil er Mama geschlagen und getreten hat!«

Doch ehe ich ein Wort hervorbringen konnte, sagte meine Mutter: »Papa hat bereits alles gestanden. Und jetzt wasch dich und geh auf dein Zimmer.«

Die Art, wie sie mich ansah, ließ keine Erwiderung zu. Sie hatte eine Entscheidung getroffen.

38

Als Frau Dembrock mit Trixi nachsehen ging, wieso sie von nebenan keine Geräusche mehr hörten, waren sie auch in den Garten gegangen. Der Geruch hatte sie zur Kompostkiste geführt, schnell war der Leichnam entdeckt. Sofort hatte Frau Dembrock meinen Vater in Verdacht, hatte nicht er das größte Motiv? Er, der wegen Herrn Dembrock seine Frau verloren hatte?

Als die Polizei gekommen war, um meinen Vater zu holen, waren die Beamten im Keller auf funkelnagelneue Fernseher, Stereoanlagen, Fahrräder und Mofas gestoßen, außerdem entdeckten sie Geld. Es ging das Gerücht, über achtzehntausend Mark hätten die Polizisten gefunden, doch niemand wusste Genaues. Raul hatte mit seinen Einbrüchen die Familie ernährt; nun also wusste ich, wieso niemand von den Dembrocks gearbeitet hatte. Auch ihn nahm die Polizei fest, er wurde in die JVA Dortmund verbracht. Was aus Frau Dembrock und ihren anderen Kindern geworden war, wohin sie verschwunden waren, wusste niemand zu sagen, auch Frau Timmermann nicht. So machte ich mich auf zum schiefen Haus, denn ich wollte Gewissheit.

Ein letztes Mal durchquerte ich die Autobahnunterführung, folgte ich dem schmalen Fußweg an der Ziegelei vorbei und stieß auf den See, in dem außer einigen letzten Pfützen kein Wasser mehr war. Ich sah ein schlammüberkrustetes Fahrrad, zwei verrostete Fässer und modriges Holz, das von einem alten Steg stammen mochte. Der provisorische Damm war zerstört. Doch was mich am meisten entsetzte, war, dass das Haus nicht mehr stand. Es war fort, nur noch Steine und zerstörte Fachwerkbalken lagen herum, Erde und Lehm. Mir ging ein Stich durch die Brust.

Ich eilte in den alten Garten, doch auch dort war das meiste zerstört, selbst die Obstbäume standen nicht mehr, auch nicht der Pflaumenbaum, der das Grab beschattet hatte, in dem sich die Leichen von Frau Hämmerlein, von Georg Mürlitz und Rüdiger Ottke befanden. Alles zerstört! Pflanzen, Beete, Bohnenstöcke und Sträucher! Nur der Brunnen ruhte weit hinten am Waldrand wie ein uraltes Wesen aus Stein, das mir sagte: »Du hast nur geträumt, alles wird gut!« Aber ich hatte nicht geträumt, denn auf dem Rand des Brunnens standen Evas Stiefel, und als ich näher trat, in die letzten warmen Sonnenstrahlen hinein, sah ich, mit einem Stein beschwert, einen gefalteten Zettel, atemlos griff ich nach ihm. Mein Herz klopfte mir bis zum Hals, als ich das karierte Stück Papier langsam auseinanderfaltete, und wollte mir vor Traurigkeit beinahe zerspringen, als ich sah, dass die Schrift nicht mehr zu entziffern war. Regen hatte sie getilgt. Nur ganz unten waren blass drei letzte Worte zu erkennen: *In Liebe, Eva.*

Ich lehnte am Brunnen, Tränen auf meinem Gesicht. Wie von selbst fand mein Zeigefinger den Weg zur Nase hinauf.

»Die Trocknen schmecken am besten!«, hatte Eva gesagt.

Ich hatte aufgehört, ein Kind zu sein, ich war schuldig geworden. Wie in ein Loch, so fiel man in das Erwachsenwerden hinein und stürzte so lange, bis der Tod kam und den Fallenden milde umarmte. Und ich begriff, dass Georg Mürlitz nicht zurückgekehrt war. Dass der Mann, den wir mit Rüdiger Ottke ins Grab gelegt hatten, jemand anderer gewesen sein musste, Erster einer Vorhut, die das Gelände in Augenschein nahm. Denn dort, wo sich das schiefe Haus befunden hatte, sollte, wie ich später erfuhr, eine weitere Neubausiedlung entstehen. Zuerst hatte man den See trockengelegt, kurz darauf waren Vermessungstechniker und Bagger gekommen.

39

Meine Mutter verkaufte das Haus. Ich habe Eva Dembrock nie wiedergesehen. Jahre später erst erfuhr ich durch Zufall von dem Mädchen, dessen toten Körper man während der Bauarbeiten in einem alten Brunnen entdeckte. An ihren Füßen, so hieß es, hätten die Zehen gefehlt.

Wolf Haas im dtv

Das Wetter vor 15 Jahren
Roman
ISBN 978-3-423-**13685**-3

Seit 15 Jahren studiert Vittorio Kowalski das Wetter in einem fernen Alpendorf. Er kennt das Wetter jeden Datums auswendig. Warum?
»Der seltsamste, intelligenteste und amüsanteste Liebesroman, den man sich vorstellen kann.« (Ulrich Weinzierl in ›Die Welt‹)

Das ewige Leben
Roman
ISBN 978-3-423-**21328**-8

Der Brenner, Detektiv und Expolizist, kehrt zurück in seine Heimatstadt Graz. Woraufhin dort alle möglichen alten Gespenster wieder zum Leben erwachen.

Der Brenner und der liebe Gott
Roman
ISBN 978-3-423-**21282**-3

Der Brenner, Expolizist und Exdetektiv, hat endlich einen guten Job gefunden. Aber lange dauert es nicht, bis wieder was passiert. Es beginnt mit einer Kindesentführung, und am Ende stehen sieben Begräbnisse…
»Nimm und lies! Denn mit Verlaub: ›Der Brenner und der liebe Gott‹ - ein tolles Ding!« (Hermann Wallmann im WDR)

Bitte besuchen Sie uns im Internet: www.dtv.de

Marina Lewycka im dtv

Kurze Geschichte des Traktors auf Ukrainisch
Roman
Übersetzt von Elfi Hartenstein

ISBN 978-3-423-**21101**-7
ISBN 978-3-423-**25304**-8 (dtv großdruck)

Nadias betagter Vater will wieder heiraten – eine üppige Blondine aus der Ukraine. Familienkrise! »Ein Bravourstück.« (Denis Scheck im ›Tagesspiegel‹)

Caravan
Roman
Übersetzt von Sophie Zeitz

ISBN 978-3-423-**21201**-4
ISBN 978-3-423-**25326**-0

Die Abenteuer einer Handvoll Erdbeerpflücker in England. Sie träumen von Wohlstand, Unabhängigkeit und Liebe. Doch sie haben nicht mit ausbeuterischen Arbeitgebern, bewaffneten Gangstern und regelwütigen Behörden gerechnet.

Das Leben kleben
Roman
Übersetzt von Sophie Zeitz

ISBN 978-3-423-**21349**-3

Sie begegnen sich an einem Müllcontainer: Georgie Sinclair, alleinerziehende Mutter, und Mrs. Shapiro, eine verschrobene alte Dame mit einer Vorliebe für Schnäppchenjagd und einem Geheimnis aus der Zeit des Krieges …

Die Werte der modernen Welt unter Berücksichtigung diverser Kleintiere
Roman
Übersetzt von Sophie Zeitz

ISBN 978-3-423-**28006**-8

Es ist das Jahr, in dem die Banken wanken – und eine Familie von Ex-Hippies gerät in einen Strudel skurriler Ereignisse.

Bitte besuchen Sie uns im Internet: www.dtv.de

Katharina Münk im dtv

Die Insassen
Roman
ISBN 978-3-423-**21299**-1
ISBN 978-3-423-**40756**-4
(eBook)

Vier Insassen der Nervenklinik St. Ägidius – drei ehemalige Top-Manager führender Wirtschaftsunternehmen und eine Chefsekretärin – bringen ihre Anstalt zunächst auf Kurs und dann an die Börse …

»Katharina Münk ist eine herrliche Satire über Manager am Rande des Wahnsinns gelungen. Einfach lesen und lachen.« (Jana Mareike von Bergner in der ›Hörzu‹)

Die Eisläuferin
Roman
ISBN 978-3-423-**21415**-5
ISBN 978-3-423-**41681**-8
(eBook)

Die Regierungschefin einer westlichen Industrienation verliert durch einen Unfall ihr Gedächtnis und erfährt jeden Tag aufs Neue, dass sie ein Land regieren muss. Das geht so lange gut, bis die Chefin entdeckt, wie förderlich Emotionen für dic Erinnerung sind …

»Eine kluge Satire auf das Leben und doch voller Gefühl, Witz und Esprit.« (Susann Fleischer in ›literaturmarkt.info‹)

Bitte besuchen Sie uns im Internet: www.dtv.de